CAPTEN CYMRU

RHAGAIR

PAN DDEWISWYD *Jonathan Humphreys fel aelod o garfan Cymru yng nghystadleuaeth Cwpan y Byd yn Ne Affrica ar ddiwedd mis Mai 1995, yr ymateb ymhlith rhai oedd 'Jonathan Pwy?' Er na flasodd Cymru lwyddiant, dychwelodd Jonathan o'r daith a'i enw'n ddiogel yn ymwybyddiaeth cefnogwyr y bêl hirgron. Nid seren wib mohono; cafodd ei ddewis i lenwi bwlch dros dro pan benodwyd hyfforddwr Clwb Rygbi Caerdydd, Alex Evans, i fod yn hyfforddwr Cymru ar ôl tymor trychinebus ym Mhencampwriaeth y Pum Gwlad.*

A chanddo gysylltiadau teuluol yn ardal Pontar-ddulais, daeth Jonathan i gyffyrddiad cynnar ag athroniaeth gystadleuol ei dad, Colin. Roedd Colin yn bencampwr o baffiwr amatur yn ei lencyndod ac fe ysai'r mab am gyfle i efelychu'r tad. Er lles i'w iechyd ymenyddol a chorfforol, perswadiwyd Jonathan i ganolbwyntio ar ein hoff gamp ni'r Cymry, sef rygbi. Yn ddiddorol, un o'r darnau o gyfarpar y bydd Jonathan yn ei ddefnyddio o bryd i'w gilydd i gryfhau cyhyrau'i ysgwyddau yw'r 'bêl gyflym' y bydd paffwyr yn ei defnyddio yn y gampfa.

Ar ôl cael ei benodi'n gapten Cymru ar gyfer y daith

5

fer 'nôl i Dde Affrica ar ddiwedd Awst 1995, dysgodd Jonathan yn fuan iawn pa mor lydan a chryf oedd angen i'w ysgwyddau dyfu.

Pan ofynnais iddo ar Faes Eisteddfod Bro Colwyn a oedd ganddo ddiddordeb mewn cadw dyddiadur o'i dymor gyda'r bwriad o'i gyhoeddi yn y Gymraeg, ces ateb ffafriol ar unwaith. Wedi'r cyfan, un o'i ffrindiau mwya yw'r cawr o Gymro Cymraeg o Bontarddulais, Derwyn Jones – fel y cewch ddarllen hwnt ac yma yn y gyfrol hon.

Nawr ac yn y man yn ystod y tymor, ceisiodd un neu ddau ddwyn perswâd ar Jonathan y byddai'n elwa trwy gyhoeddi'r gyfrol yn Saesneg, neu o leia'n ddwyieithog. Tyfodd f'edmygedd innau ohono gan iddo ddal at yr egwyddor o'i chyhoeddi yn y Gymraeg. Gobaith y ddau ohonom yw y daw y dydd cyn hir pan fydd Jonathan yn ddigon rhugl yn Iaith y Nefoedd i ddarllen ei atgofion ei hunan – wedi'r cyfan, ar gasét, mewn ambell sgwrs wyneb-yn-wyneb neu dros linell ffôn y ces innau'r deunydd crai i'w gloriannu.

Hoffai'r ddau ohonom feddwl y bydd y gyfrol yn hwb i fechgyn (a merched) o bob oedran i ymddiddori yn 'Ail Grefydd' Cymru – rygbi'r undeb. Ein gobaith hefyd yw y bydd y gyfrol yn ddefnyddiol i athrawon sy'n dysgu'r Gymraeg, i Gymry Cymraeg neu ddysgwyr fel Jonathan, gyda chymorth y dyddiadur hwn.

Mae'n amheus 'da fi a oes 'na'r un chwaraewr rygbi blaenllaw wedi cyhoeddi cyfrol debyg i hon o'r blaen. Cyd-ddigwyddiad llwyr oedd y chwyldro

ariannol sydd wedi newid (ac sy'n dal i newid)
strwythur y gêm. Roedd Jonathan Humphreys yn
llygad y storom yn ei swydd fel Capten Cymru ac fe
fyddaf yn ei ddyled barhaol am iddo rannu'i atgofion
a'i deimladau wrth i'r tymor ddatblygu, weithiau'n
hapus ac ar brydiau'n siomedig ac isel ei ysbryd.
Gobeithiaf y bydd dealltwriaeth y darllenydd o fywyd
a phroblemau'r Capten yn tyfu wrth bori trwy
ddyddiadur 1995-6.

Rhwydd hynt iddo am yrfa lewyrchus yn y dyfodol
gyda Chaerdydd a dyfodol disglair a llwyddiannus
ar y maes rhyngwladol. Roedd gweld Jonathan yn
arwain ei gôr o bymtheg ar faes Lansdowne Road
yn canu 'Hen Wlad Fy Nhadau' yn un o'r atgofion
hynny fydd yn ei roi yn ei wir safle fel Cymro.

Androw Bennett
Mehefin 1996

Dydd Mawrth, 15fed o Awst 1996
(Caerdydd)

Wythnos gyfan ers imi glywed fy mod wedi cael fy newis i fod yn gapten ar dîm rygbi Cymru ar y daith i Dde Affrica. Tipyn o sioc i bawb falle, yn arbennig o gofio mai dim ond dwywaith rwy wedi cael yr anrhydedd o wisgo'r crys coch cenedlaethol ar y lefel ucha. Wrth gwrs 'y mod i'n falch a dwi ddim yn gweld y balchder yn diflannu am y tro. Dim ond gobeithio y caf gyfle i gadw'r swydd am dipyn. Mae'r cyfan, yn y pen draw, yn dibynnu ar y perfformiadau ar y cae.

Sesiwn ymarfer heno yng Ngerdddi Sophia. Mae'n debyg y bydd 'na dri arall cyn inni hedfan i Johannesburg. Sesiwn byr ond caled heno. Pawb yn g'neud eu gore. Pawb yn bositif.

Mae'r cyfrifoldebau sy arna i fel capten yn dechre dod yn amlwg erbyn hyn. Dyw hi ddim yn mynd i fod yn hawdd i gymryd at yr awenau ar ôl ennill cyn lleied â dau gap. Rhaid imi gofio o hyd 'y mod i'n newydd i'r garfan hefyd a bod 'na nifer o bobl brofiadol iawn yn y criw. Gall y temtasiwn i gamddefnyddio'r awdurdod weithiau dorri ar draws y naws hapus a phositif sy'n angenrheidiol wrth inni geisio ailadeiladu hyder y garfan.

Mwy na thebyg fod 'na un neu ddau aelod o'r garfan sy ddim isie 'ngweld i'n gapten arnyn nhw. Rhaid imi, felly, weithio'n galetach ar bob agwedd o'r gêm ac ar gyfathrebu 'da phob aelod o'r garfan i geisio ennill eu parch nhw. Ar y dechre fel hyn, rhaid imi dderbyn bod 'na broblemau a cheisio'u datrys nhw. Y peth mawr all helpu'r cyfan fyddai cael taith lwyddiannus i Dde Affrica. Nawr 'mod i wedi cael fy newis fel capten mae e'n rhywbeth yr hoffwn ei wneud am gyfnod reit hir – os rwy'n ddigon da!

Gyda llaw, wrth inni gyrraedd Gerddi Sophia'n hwyr y prynhawn 'ma, roedd llawer o gefnogwyr Clwb Criced Morgannwg yn gadael ar ddiwedd diwrnod trist iawn i bawb sy'n ymwneud â chriced yng Nghymru. Roedd cyrraedd rownd gynderfynol Tlws y Natwest wedi bod yn gamp ardderchog i Hugh Morris a'i griw. Heb os, roedd pawb yn ein carfan ni'n gobeithio y bydden nhw wedi ennill heddi er mwyn chwarae yn y ffeinal yn Lord's ar yr un diwrnod â'n Gêm Brawf ni yn Johannesburg. Byddai hwnnw wedi bod yn ddiwrnod arbennig iawn yn hanes chwaraeon Cymru. Yn anffodus, crasfa gan Swydd Warwick oedd hanes y diwrnod a doedd y cefnogwyr ddim yn hapus o gwbl.

Dydd Mercher, 16eg o Awst

Gêm ymarfer yn erbyn tîm o Glwb Caerdydd heddi. Gêm hynod o galed. Gêm gorfforol a'r tymheredd yn agos at 90 gradd Fahrenheit! Y math gorau o ymarfer wrth baratoi i fynd i Dde Affrica. Prawf hynod o dda i weld a ydyn ni'n gwella o gwbl. Cyfle inni arbrofi ag un neu ddau symudiad mewn awyrgylch gystadleuol. Ambell beth yn gweithio. Rhaid mynd 'nôl i ailgynllunio ac ymarfer nifer o bethe eraill.

Dydd Sul, 20fed o Awst

Pacio munud ola! Gwneud yn siŵr nad wy' wedi anghofio dim. Pawb yn y garfan yn edrych ymlaen at yr her o wynebu'r *Springboks* ar eu *veldt* nhw'u hunain. Alex Evans yn rhoi'i araith olaf yma yng Nghymru inni gan sôn am y gorchwyl enfawr sy'n ein hwynebu a dyfynnu'r ddringwraig Alison Hargreaves a gollodd ei bywyd yn ddiweddar ar fynydd K2 yn yr Himalaya. Pan ofynnwyd iddi pam ei bod mor barod i wynebu peryglon mor enbyd wrth ddringo, ei hateb oedd y byddai'n well ganddi fyw un diwrnod fel teigr nag oes fel dafad.

Dim ond un cyfle sy 'da ni i ddenu sylw'r byd. Mae De Affrica yn Bencampwyr y Byd ar hyn o bryd a ni, y Cymry, yw'r cynta i gael y cyfle i'w bwrw nhw oddi ar eu pedestal. Bant â ni, felly, ar draws dau gyfandir at ein ffawd!

Dydd Mawrth, 22ain o Awst *(Johannesburg)*

Newydd gyrraedd De Affrica a chael ein sesiwn ymarfer cynta. Y peth pwysica yw cyfarwyddo â'r awyr denau y Veldt. Mae 'na naws bositif i'r holl garfan. Tipyn yn well na phan oedden ni 'ma ar gyfer Cwpan y Byd. Pawb yn tynnu gyda'i gilydd ac yn gwybod ein bod ar ddechre cyfnod newydd yn hanes rygbi Cymru.

Dydd Iau, 24ain o Awst

Fe chwaraeon ni gêm ymarfer heddi, yn erbyn Roodeport. Y gêm wedi'i threfnu'n arbennig am fod ganddyn nhw sgrym arbennig o gryf. Yn ôl eu rheolwr nhw, dyma'r sgrym gryfa oll yn Ne Affrica. Yn y deugain munud y chwaraeon ni fe wthiodd ein sgrym ni nhw'n ôl ar eu sodlau. Pum cais inni yn erbyn eu hunig un nhw. Ma' pethe'n mynd yn dda a'r teimlad ymhlith y garfan a'r tîm rheoli yw ei bod hi'n argoeli'n dda ar gyfer y Gêm Brawf. Dyw pethe ddim yn debyg o gwbl i'r hyn oedden nhw cyn y gêm yn erbyn Seland Newydd lawr 'ma yn ystod Cwpan y Byd. Gobaith mawr y garfan yw yr aiff pethe'n well y tro 'ma.

Dydd Sadwrn, 26ain o Awst
(De Ddwyrain y Transvaal 47-Cymru 6)

Colli'n drwm i Dde-ddwyrain y Transvaal. Siomedig iawn yn y diwedd ac er yr holl hyder cyn y gêm mae'n amlwg na fydd hi'n hawdd cadw'r daith ar y trywydd iawn. Problem bersonol i fi oedd gorfod rhoi araith yn y cinio gyda'r nos. Y tro cynta i fi orfod gwneud hynny. Gorchwyl digon anodd ar unrhyw achlysur ond roedd gorfod gwenu a chodi ysbryd y tîm yn rhywbeth anodd iawn. Gobeithio i mi lwyddo. Un o'r pethe pwysica oedd atgoffa pawb mai'r Springboks rŷn ni'n eu herio ac nid y taleithiau bach.

Dydd Mawrth, 29ain o Awst

Cyhoeddi'r tîm fydd yn chwarae yn erbyn De Affrica ddydd Sadwrn. Fy nghyfle cynta i gyfrannu i'r broses o ddewis tîm. Roedd hi'n anodd dadlau yn erbyn dewis un neu ddau sy wedi bod yn hen ffrind ac sy wedi gweithio mor galed i geisio ennill ei le. Dyna un o'r agweddau anodd o fod yn gapten. Fe wnes i hynny'n onest ac rwy'n hollol hyderus fod 'y nghyfraniad i'r cyfarfod wedi bod o fudd i ddatblygiad y tîm ar gyfer y Gêm Brawf. Y cyfan sy ar ôl i'w wneud nawr yw gweithio'n galed am y pedwar diwrnod nesa a gobeithio o waelod 'y nghalon y gwnawn ni'n dda ddydd Sadwrn!

Nos Wener, 1af o Fedi

Y tyndra wedi cydio ynof erbyn hyn. Os oes rhywun yn dweud rhywbeth dwl am unrhyw reswm yna mae e'n siŵr o gael pryd o dafod! Ma' pawb yn y garfan yn teimlo'r un peth ac felly ma' pethe'n go dawel heno. Y peth gwaetha sy'n digwydd yw fod amheuon yn dechre cnoi. Mae'n debyg fod peth o'r Wasg yma yn Ne Affrica'n siarad am y Springboks yn sgorio rhwng 60 a 80 o bwyntiau fory. Clywed y math yna o beth sy'n f'ysbrydoli i wneud yn siŵr nad yw'r fath beth yn digwydd. Rwy'n eitha ffyddiog hefyd bod gweddill y garfan yn magu'r un ysbrydoliaeth.

Gobeithio nad wyf fi'n naïf i feddwl y gallwn ni ennill fory. Gobeithio y gallwn fynd â'r holl angerdd sy wedi bod yn rhan hanfodol o'n hyfforddi dros yr wythnos ddiwetha i lawr y grisiau fory a mas ar Ellis Park yma yn Johannesburg.

Bore dydd Sadwrn, 2ail o Fedi

Pum munud i hanner dydd. Cyfle i gael ychydig funudau ar fy mhen fy hunan yn f'ystafell cyn ymuno â'r criw ar y ffordd i Ellis Park. Rŷn ni i fod i adael am hanner awr wedi un ac mae'n well 'da fi gael yr egwyl fach hon ar fy mhen fy hunan. Mae'n amlwg fod y nerfusrwydd yn cyrraedd pob cornel a dwi ddim yn credu fod hynny'n beth drwg. Cyfeirio'n holl egni nawr at y frwydr galed o'n blaen.

De Affrica 40 Cymru 11

Er i Derwyn Jones gael ei fwrw mas o'r gêm yn llythrennol gan ddwrn Kobus Wiese o fewn 4 munud i ddechre'r gêm, fe gafodd y *'Boks* dipyn o ofn am y chwarter cynta. Sgoriodd Mark Bennett gais yn y trydydd munud (y cynta i Gymru sgorio mewn tair gêm yn erbyn Pencampwyr presennol y Byd) ac roedd Cymru ar y blaen am y 19 munud cynta.

Cais yr un i Wiese a Pienaar cyn yr egwyl ond tri chais o fewn saith munud i'w gilydd yn yr ail hanner yn gadael i'r sgôr greu'r argraff fod y crysau cochion wedi cael crasfa. Pan giciodd Neil Jenkins ei ail gôl gosb ar ôl 51 munud roedd Cymru o fewn 7 pwynt i

Dde Affrica.

Roedd cic gynta Jenkins cyn yr egwyl wedi torri'r bwlch i bum pwynt ac yn golygu mai ef oedd y pedwerydd chwaraewr erioed i sgorio 400 o bwyntiau mewn gêmau rhyngwladol. Ond roedd y 19 pwynt i Dde Affrica a droes y gêm yn yr ail hanner yn anlwcus i Gymru wrth i'r dyfarnwr fethu dilyn y rheolau'n gywir.

Enillodd Mark Andrews y bêl yn anghyfreithlon â'i fraich allanol mewn llinell i greu cais Small ac fe ddilynodd cais Teichman bàs anghyfreithlon oddi ar y llawr gan Andre Joubert. Yn lle dwy gic gosb i godi'r pwysau oddi ar Gymru, fe ruthrodd y sgôr mla'n o 21-11 i 33-11 i greu'r llwyfan ar gyfer cais y dydd. Joubert yn dechre rhedeg o fewn ei 22 ei hunan ac wedi pum pàs a 75 metr o redeg, cais gwych i Jappie Mulder.

Gyda chymaint o fechgyn ifanc yn nhîm Cymru heddiw, roedd hi'n amlwg fod y dyfodol yn addawol. Bydd pobl yn edrych 'nôl at berfformiad Justin Thomas, Gareth Jones a Gareth Thomas a'r blaenwyr Christian Loader, Andrew Gibbs a'r eilydd Andrew Moore ac yn gweld heddiw fel y diwrnod y dechreuodd rygbi Cymru droi'r cornel.

Dydd Sul, 3ydd o Fedi

Wedi cysgu noson a chael cyfle i ailfeddwl dros y gêm, mae'n amlwg inni roi tipyn o ofn i'r *Springboks* am awr gyfan. Roedd yr ysbryd ymhlith pawb ar y cae yn anghredadwy. Yn anffodus, fe gollon ni'n ffordd ryw ychydig yn yr ugain munud ola. Er gwaetha'r glatsien i Derwyn, roedd hi'n amlwg nad oedd neb ohonon ni'n barod i blygu'n rhwydd.

Ddoe oedd diwrnod mwya 'mywyd a dwi ddim yn credu y gwna i byth anghofio'r achlysur. Rwy'n eitha hyderus inni godi enw da Cymru ar y cae rygbi er inni golli. Yn sicr roedd y *Springboks* yn ddigon parod i gydnabod i ni roi gêm dda iddyn nhw.

Wythnos gynta mis Medi

Cyrraedd 'nôl ddydd Llun – wedi blino'n lân. Ymarfer gyda chlwb Caerdydd nos Fawrth. Nifer o wynebau newydd yn yr ymarfer. Rhai yn gobeithio ennill lle yn y tîm cynta ac ambell un yn gwybod nad oes ganddo fawr o obaith i neud hynny.

Anodd iawn oedd codi awch i ymarfer yn dilyn y daith i Dde Affrica. Wedyn ma' rhywun yn sylweddoli y bydd yn rhaid g'neud hynny i ddenu sylw'r dewiswyr yn ystod y tymor. Gobeithio y gall y rheiny ohonon ni aeth i Affrica godi'n hunain lan ar gyfer y gêm gartre yn erbyn Pontypridd ddydd Sadwrn.

Dydd Sadwrn, 9ed o Fedi
(Caerdydd 36-Pontypridd 31)

Dyma un o'r diwrnodau mwya anodd o'm gyrfa rygbi hyd yn hyn. Doedd y gêm ei hunan ddim yn waeth nag unrhyw gêm rwy wedi chwarae dros Gaerdydd. Na, y broblem oedd newid 'nôl o chwarae rygbi rhyngwladol un penwythnos i gynrychioli clwb ar y Sadwrn canlynol. Gobeithio y caf gyfle i orfod datrys y fath broblem nifer o weithiau yn y dyfodol!

Fe aethon ni 13 ar y bla'n yn gynnar iawn ac fe sgoriodd Steve Ford dri chais i ni. Cais cosb am i Nigel Bezani, capten Ponty, dynnu sgrym i lawr a dyna, yn y diwedd, oedd y gwahaniaeth rhwng y ddau dîm. Ar y bla'n 23-13 ar yr egwyl, fe lwyddon ni i estyn y gwahaniaeth i 17 pwynt ar un adeg ond yna sgoriodd Paul John, y mewnwr, ddau gais yn y deng munud ola i ychwanegu at un gan David Manley. Yn ffodus i ni, methodd Neil Jenkins â thri o'i giciau cynnar at y pyst. Pedair gôl gosb a dau drosiad oedd ei gyfanswm e'n y diwedd a dyna gyfanswm ein cefnwr ifanc ni, Chris John hefyd.

Wrth dderbyn cymeradwyaeth y dorf ar y ffordd i'r stafelloedd newid ar ddiwedd y gêm, roedd yr hen wefr 'nôl yn ddi-os. Ydy, mae'n dda cael bod adre yn ein hen gynefin ar lan afon Taf. Gobeithio y cawn ni fwy o lwyddiant wrth i'r tymor fynd mla'n.

Dydd Mercher, 13eg o Fedi

Wel, mae'n amlwg fod 'y mywyd wedi newid yn llwyr. Tipyn o bawb yn y Wasg eisiau gair a thynnu llun. Ddoe, roedd rhaid imi ddringo lan rhyw goeden i gael fy llun wedi'i dynnu gyda phêl rygbi dan 'y nghesail! On'd dyw hi'n rhyfedd beth ma' ambell ffotograffydd yn ei weld yn 'gelfyddydol'?

Gêm anodd iawn yng Nghastell-nedd ddydd Sadwrn. Dyw Caerdydd ddim wedi ennill ar y Gnoll ers pum mlynedd a dŷn ni ddim wedi sgorio cais ar ein pedwar ymweliad diwetha. Steve Ford oedd y diwetha i sgorio cais yno i ni ac, ar ôl ei orchest ddydd Sadwrn diwetha, falle y caiff e'r cyfle i gywiro pethe.

Dydd Sadwrn, 16eg o Fedi
(Castell-nedd 8-Caerdydd 11)

Dyma, yn wir, gêm o ddau hanner. Roedd yr hanner cynta'n llawn o rygbi da ac yna'r ail yn ddiflas. Rown i'n teimlo bod Castell-nedd yn ceisio lladd y bêl a'r gêm bob cyfle posib wedi'r egwyl – rhyfeddod o gofio am yr addewid mae'u chwaraewyr ifanc ymhlith yr olwyr yn ei ddangos.

Roedd 'na gymysgedd o brofiad a ieuenctid yn eu tîm nhw heddiw ac, yn yr hanner cynta, fe enillodd Gareth a Glyn Llewelyn a Chris Wyatt dipyn o'r bêl i roi cyfle i Huw Woodland a'r crwt ifanc, Leigh Davies, ddangos eu doniau. Yn ffodus i ni, roedd Mike Hall a Mark Ring yn barod am yr her a gweithiodd Simon Hill yn wych i greu cais i Owain Williams. Er hynny, roedden ni ar ei hôl hi 8-5 ar yr egwyl wrth i'w dau chwaraewr newydd nhw sgorio'r pwyntiau. Y bachwr, Kevin Allen, yn sgorio cais ar ôl i Gareth Llewelyn ennill y bêl mewn llinell a'u pac nhw'n gwthio'n rymus at ein llinell gais ni.

Cyn hynny, ciciodd y maswr newydd o Natal yn Ne Affrica, Chris Beukes, gôl gosb i agor y sgorio wedi deuddeg munud. Pan welson ni e'n cicio'r gôl o ryw hanner canllath, roedd hi'n amlwg y byddai'n rhaid inni fod yn ofalus iawn a pheidio â throseddu i roi mwy o gyfle iddo. Yn ôl y sôn, mae e wedi sgorio cyfartaledd o 19.5 pwynt y gêm i'w dalaith, Natal, ac felly roedden ni'n hynod o falch i gadw'i gyfanswm lawr i'r triphwynt 'na.

Er inni golli Mike Hall pan dorrodd e'i drwyn ychydig cyn yr egwyl, profodd anogaeth cyson Hemi Taylor i ni flaenwyr ac ambell gyffyrddiad celfydd gan yr hen gadno, Mark Ring, yn ysbrydoliaeth i gadw'r crysau duon mas. Yn ffodus hefyd fe ddarganfyddodd ein cefnwr, Chris John, ei allu i gicio yn yr ail hanner a llwyddo â dwy gic gosb i sicrhau'r fuddugoliaeth werthfawr.

Un digwyddiad rhyfedd ar ddiwedd y gêm oedd pan ddaeth un o'r cefnogwyr draw ata i wrth imi gerdded o'r cae. Roedd e'n llawn canmoliaeth ac yn mynnu mai fi oedd, yn ei eiriau e, "... *the man of the match* ..." Yna'n sydyn fe ofynnodd: "Gyda llaw, pwy wyt ti?" Dwi ddim yn siŵr a oedd e'n tynnu 'nghoes ai peidio!

Dydd Sadwrn, 23ain o Fedi
(Caerdydd 50-Abertawe 13)

Tamed o seibiant heddiw pan ges i'r cyfle i fod yn eilydd ar gyfer y gêm yn erbyn Abertawe. Gyda'r gystadleuaeth newydd i glybiau Ewrop, ac wedi ymarfer a chwarae gymaint yn ystod yr haf, mae'n amlwg y bydd yn rhaid cymryd hoe ambell Sadwrn ac rwy'n gwerthfawrogi cael heddiw'n rhydd.

Yn y gorffennol, wrth eistedd ar y fainc, rwy wedi colli diddordeb i raddau ond heddiw, am ryw reswm, rown i wrth fy modd yn gweld y bechgyn yn g'neud yn dda. Chwaraeodd yr haneri'n hynod o dda a Hall a Ring yn mwynhau'r erwau agored yn sgil cnnill pêl gyflym yn gyson. Saith cais (yn cynnwys 2 eto i Ford) yn sicrhau pwyntiau bonws llawn inni. Dim lle i Alex Evans, hyfforddwr y clwb, gwyno heno!

Dydd Sadwrn, 30ain o Fedi
(Llanelli 12-Caerdydd 16)

Ymweliad blynyddol â'r Strade. Ffau'r llewod cyn belled ag y mae Caerdydd yn y cwestiwn! Nawr, mae'r rhan fwyaf o gefnogwyr yn ddigon teg (er yn unllygeidiog y rhan fwyaf o'r amser) ond mae 'na ambell un sy'n ymddwyn yn ffiaidd tuag at y gwrthwynebwyr sy'n mynd i Lanelli. Y peth gwaetha ynglŷn â heddi oedd i ambell un o'u cefnogwyr nhw boeri arnon ni pan ddychwelon ni i'r stafell newid wedi cynhesu'n cyhyrau cyn dechre'r gêm. Dwi ddim yn gwybod a oedd Gareth Jenkins, hyfforddwr Llanelli, wedi cynhyrfu pethe yn ystod yr wythnos ond dwi byth isie'r fath 'groeso' eto.

Roedd Gareth wedi'n cyhuddo o godi Derwyn Jones

yn anghyfreithlon yn y llinellau ar sail yr hyn mae e wedi gweld ar y teledu. Yn sicr, fe ddangoson ni fel pac (a Derwyn fel unigolyn) nad oedd angen inni dorri rheolau'r gêm i gael y bla'n ar y crysau sgarlad heddi er mai nhw sgoriodd gynta. Yn ôl yr ystadegwyr, fe chwibanodd y dyfarnwr 43 o weithiau i roi ciciau cosb i'r ddau dim ac i gosbi'r gwylwyr hefyd trwy atal y gêm gymaint o weithiau. Hyd yn oed i rywun fel fi sy'n treulio hanner ei amser wedi'i gladdu yn y sgrym a'r sgarmes, roedd hi'n amlwg fod Llanelli hefyd am atal ein haneri, Andy Moore ac Adrian Davies, rhag rhedeg â'r bêl. O gofio bod pob un o'r tri-chwarteri (Ieuan, Boobyer, Nigel Davies a Proctor i Lanelli a Hill, Hall, Ring a Ford i Gaerdydd) wedi chwarae dros Gymru, byddai pawb yn meddwl y byddai hon yn gêm agored a chyffrous.

O'm rhan i, fe chwaraeais i ran allweddol yn y ddau sgôr cynta – er lles y ddau dîm!

Wrth i Lanelli bwyso yn yr wythfed munud, fe dorrodd Anthony Copsey'n rhydd o sgarmes yr oeddwn i ar ei hochr. Pan drois i'n ôl i'w gwrso, down i ddim yn siŵr a oedd y bêl yn ei ddwylo ai peidio. Roedd Copsey o fewn pymtheg llath i'n llinell ni a neb rhyngddo a chais gynta'r gêm. Doedd dim amdani felly ond ei daclo . . . rhag ofn. Chwibanodd y dyfarnwr, Mr Chris White o Gaerloyw, ar unwaith i'm cosbi am nad oedd gan ailrengwr Llanelli afael ar y bêl. Gôl gosb ddigon hawdd i Matthew McCarthy i blesio cefnogwyr y sgarlad ond penbleth i'w drafod hefyd i'r rheiny sy'n mwynhau hollti blew cyfreithiol. Sylweddoli petai Mr White wedi barnu fod Copsey ar fin sgorio cais a dim ond 'y nhacl anghyfreithlon i'n ei atal y byddai wedi rhoi cais gosb i Lanelli a ninnau wedyn ar ei hôl hi o saith pwynt. Diolch byth, felly, mai dim ond y triphwynt a ildiwyd ac nad oes gwaharddiad yn erbyn f'enw da. A, beth bynnag, ymhen rhyw bum munud, ces gyfle i gosbi Llanelli fy hunan.

Cododd Hemi Taylor y bêl o gefn sgrym a thorri'n nerthol ar yr ochr olau. I fyny wrth ei ysgwydd fe ddaeth Ring i gadw'r symudiad i fynd ond roedd rhaid iddo droi'n ôl aton ni'r blaenwyr. Erbyn i'n pac ni gyrraedd y llinell gais gyda'n gilydd, roedd y bêl yn dynn yn 'y ngafael a doedd dim dewis 'da fi ond i syrthio lawr a sgorio unig gais y gêm!

Un digwyddiad trist oedd pan roes Copsey glatsien i Mike Hall a thorri'i foch. Anfonwyd Copsey oddi ar y cae ac mae'n debyg y caiff ei wahardd am gyfnod go hir. Gwers i'r gweddill ohonon ni gofio byhafio!

Nos Fercher, 4ydd o Hydref
(Pen-y-bont 32-Caerdydd 19)

Er nad oeddwn i'n chwarae, mae'n dal i fod yn siom fawr pan fo Caerdydd yn colli ac roedd heno'n fwy o siom o gofio inni ennill ar y Strade. Yn lle ennill dau bwynt arall, fe ddaethon ni o Gae'r Bragdy'n waglaw tra bod Pen-y-bont wedi ennill triphwynt yn y Bencampwriaeth o sgorio tri chais.

Fe ges anaf i 'migwrn yn Llanelli ddydd Sadwrn ac felly down i ddim yn ddigon ffit i chwarae a down i ddim hyd yn oed yn eistedd ar y fainc.

Mae'r pwysau'n dechre cynyddu mewn gwahanol ffyrdd yn sgil fy newis fel capten Cymru. Roedd hi'n amlwg erbyn bore dydd Sul na fyddwn yn ffit i chwarae heno a blwyddyn yn ôl fydde hynny ddim wedi achosi problem i neb. Yn anffodus, mae pawb yn disgwyl gweld chwaraewyr rhyngwladol yn chwarae pob gêm. Mae'r pwysau'n cynyddu wrth i Gaerdydd chwarae oddi cartre gan fod swyddogion y clybiau eisiau denu'r gwylwyr i mewn i dalu yn yr oes broffesiynol. Mae bod yn gapten Cymru yn cynyddu'r pwysau ond yr ofn mawr sy gen i yw y caf i ryw anaf difrifol a fydd yn f'atal rhag chwarae, dyweder, yn erbyn Fiji ym mis Tachwedd.

Mae'r chwyldro wedi cludo rygbi i fyd newydd a phroffesiynol dros nos ac, fel capten Cymru, mae swyddogion yr Undeb yn 'y ngweld fel cynrychiolydd y chwaraewyr yn yr holl drafodaethau sy'n mynd mla'n ynglŷn â chytundebau a phob math o bethe bach arall. Nawr, dwi ddim yn casáu'r pwysau ond mae 'na gwestiynau i'w hateb bron bob dydd gan swyddogion yr Undeb neu gan chwaraewyr. Yr unig ofid sy 'da fi yw y galle'r holl bwyllgora a thrafod gymryd fy sylw oddi ar y chwarae rygbi. Wedi'r cyfan, y chwarae sy bwysica a heb hwnnw bydd neb am imi bwyllgora bellach.

Ar ddiwedd yr holl athronyddu 'ma, rhaid cyfadde 'mod i'n teimlo'n gadarnhaol iawn ynglŷn â'r chwarae ar hyn o bryd. Er bod 'na nifer o fachwyr arbennig o dda yng Nghymru y dyddiau hyn (a sawl un fel Garin Jenkins, Robin McBryde ac Andrew Lamerton wedi cynrychioli Cymru) rwy'n ddigon hyderus y caf gadw fy lle yn y tîm cenedlaethol os gallaf ganolbwyntio pan fo angen a gwrthod gadael i'r pwysau allanol effeithio ar y rygbi.

Dydd Sadwrn, 7fed o Hydref 1995
(Caerdydd 67-Treorci 3)

Gadael y cae gydag anaf arall i 'migwrn a gwylio Caerdydd yn sgorio naw cais a'n codi i'r ail safle yn y Gynghrair. Dim hanner cystal perfformiad ag yn erbyn Abertawe. Er i Steve Ford a Simon Hill sgorio dau gais yr un, daeth y floedd fwya pan redodd Mike Rayer ar y cae fel eilydd. Roedd pawb yn cofio mai yn erbyn Treorci y llynedd y torrodd Mike ei goes dde ac roedd ei wên lydan yn cyfleu mwy o ryddhad nag o lawenydd i gael bod 'nôl yn ei hoff safle fel cefnwr dros Gaerdydd.

Un o'r cwestiynau'n cael ei ofyn gan y cefnogwyr ac aelodau o'r Wasg ar ddiwedd y gêm oedd: beth fydd yn digwydd i Adrian Davies yn y dyfodol? Cwestiwn rhyfedd o gofio i Adrian sgorio 22 pwynt heddi. Nid dim ond ciciwr pwyntiau yw Adrian; mae e hefyd yn gadfridog yn rheoli'r chwarae ac yn giciwr tactegol heb ei ail. Pam felly'r holi am ei ddyfodol? Mae'r ateb yn un syml iawn: Jonathan Davies. Mae 'na si yn mynd o gwmpas fod clwb Caerdydd am ei arwyddo o glwb rygbi XIII Warrington ar ôl cystadleuaeth Cwpan Byd y gamp honno. Does 'na ddim disgwyl i ni'r chwaraewyr wybod dim oll am hynny gan fod unrhyw drafodaethau sy'n mynd mla'n yn hollol gyfrinachol, wrth gwrs. Ar hyn o bryd, rwy'n agored i unrhyw syniad sy'n mynd i gryfhau Clwb Rygbi Caerdydd ond mae'r math yna o benderfyn-iad, yn y pen draw, yn nwylo Prif Weithredwr y clwb, Gareth Davies, a'r bobl sy'n delio ag ochr ariannol y clwb.

Dydd Mercher, 11eg o Hydref

Gan fod Alex Evans i gael llawdriniaeth ar ei ysgwydd heddi, mae'r Undeb Rygbi wedi apwyntio hyfforddwr newydd dros dro, sef Kevin Bowring, hyfforddwr presennol y tîm 'A' cenedlaethol. Gwahoddodd Kevin fi i gyfarfod gydag e heddi ac rwy'n falch i ddweud ei fod e am imi barhau fel capten. Rown i wedi bod yn gofidio rywfaint am hynny rhag ofn y byddai ganddo rywun arall mewn golwg.

Ces gyfle i drafod y rhesymau dros ein methiant yng Nghwpan y Byd yn Ne Affrica. Dywedais wrtho'n blwmp ac yn blaen fod 'na ambell un o'r garfan yn rhy negyddol o lawer. Fyddai 'na ddim lle i bobl negyddol yng ngharfan Bowring.

Nos Wener, 13eg o Hydref

Gorfod paratoi i chwarae fory, yn erbyn Glynebwy ar Barc Eugene Cross, er nad yw'r anaf i 'migwrn wedi gwella o bell ffordd. Fe 'nes i addewid i'm hunan flynyddoedd 'nôl na fyddwn i byth yn chwarae ag anaf ond mae pethe'n go dynn ar y clwb ar hyn o bryd ac felly does 'da fi fawr o ddewis y tro 'ma. Yr ofn mawr, wrth gwrs, yw y gallwn neud pethe'n waeth a dinistrio 'nghyfle i sefydlu lle yn y tîm rhyngwladol. Y cyfan alla i neud heno yw gobeithio na fydd fory'n rhy galed.

Cyfweliad byw ar y rhaglen deledu *Heno* yn Abertawe i greu rhyw ychydig o gyhoeddusrwydd i'r dyddiadur. Cyfle i gwrdd â Roy Noble. Mae'n rhyfedd ffor' ma' rhywun fel Roy mor gyfarwydd ar ôl clywed ei lais dros y blynyddoedd. Down i ddim wedi'i gwrdd o'r bla'n ond roedd fel petawn i'n cwrdd â hen ffrind. Roedd hynny'n help mawr o gofio mai rhaglen Gymraeg yw *Heno* ac o gofio nad yw 'Nghymraeg i'n ddigon da i neud cyfweliad. Fe ddaeth Derwyn a'i frawd, Rhodri, sy'n chwarae fel wythwr i Dreorci, ar y daith i Abertawe gan roi rhywfaint o anogaeth imi ddechre dysgu Cymraeg o ddifri. Wrth gwrs eu bod nhw'n iawn!

Er 'y mod i wedi cadw'r dyddiadur ers yn agos i ddeufis nawr, heno am y tro cynta 'nes i sylweddoli pa mor bwysig y mae'r weithred o gadw dyddiadur gyda'r bwriad o'i gyhoeddi. Bydd gweld cyfrol ar y silffoedd yn y dyfodol o bwys mawr wrth gwrs, ond bydd darllen am y dyddiau cyffrous hyn yn f'atgoffa pa mor sydyn y mae pethe wedi newid dros y misoedd diwetha. Bydd gweld ar ddiwedd y tymor ac yn y blynyddoedd i ddod beth oedd 'y nheimladau ar ddechre'r tymor fel hyn yn hynod o ddiddorol. Ac, wrth gwrs, fel mae Derwyn yn f'atgoffa o bryd i'w gilydd, os na fydda i'n dysgu Cymraeg, yna mae e'n siŵr o eistedd arna i!

Dydd Sadwrn, 14eg o Hydref
(Glynebwy 10-Caerdydd 16)

Dyma gêm y buon ni'n ffodus iawn i'w hennill. Chwaraeodd pawb yn nhîm Glynebwy fel petai'u bywydau'n dibynnu ar y canlyniad. Chawson ni ddim trafferth yn y munudau cynta wrth i'n blaenwyr ni ruthro atyn nhw a'u gyrru nhw'n ôl ar bob cyfle. Wedi deng munud o chwarae, fe giciodd ein blaenasgellwr, Mark Bennett, mla'n i'n cefnwr, Simon Davies, gwrso a sgorio cais. Adrian Davies yn trosi ac yn ychwanegu gôl gosb wedi pum munud ar hugain i'n rhoi ni ar y bla'n o ddeg pwynt i ddim. Ar y pryd, rown i (a hyd yn oed cefnogwyr Glynebwy, mae'n debyg) yn disgwyl toreth o bwyntiau fel yn erbyn Abertawe a Threorci.

Y drafferth oedd nad oedd neb wedi rhoi'r un sgript i'r chwaraewyr yn y crysau coch, gwyn a gwyrdd! Pan geisiodd Andy Moore, y mewnwr, glirio'n llinellau ni, fe drawyd ei gic lawr gan y canolwr, Mike Boys, i roi cais i'w mewnwr nhw, David Llywelyn. Trosiad y cefnwr (a chyn-baffiwr!), Byron Hayward, yn golygu mai triphwynt yn unig oedd y gwahaniaeth ar yr egwyl ac roedd gwaeth i ddod. Hayward yn cicio gôl gosb arall yn yr 50ed munud i ddod â'r sgôr yn gyfartal a phawb yn nhîm Caerdydd yn dechre becso. Yn ffodus, er i'w hailrengwr nhw, Dorian Medlicott, frwydro'n galed yn y llinellau, fe orchfygodd taldra a neidio Derwyn yn y diwedd. Wedi i Hayward fethu â chicio gôl gosb arall, fe lwyddodd Adrian â dwy i ni yn y 68ain a'r 75ain munud i roi buddugoliaeth agos a lwcus inni.

Roedd gadael Glynebwy â dau bwynt arall at ein

cyfanswm yn ddigon da, ond dwi ddim yn hollol argyhoeddedig fod y gyfundrefn newydd o bwyntiau bonws am y nifer o geisiau'n beth da i gyd. Mae'r pwysau wythnosol yn gorfodi'r hyfforddwyr a'r pwyllgorau i feddwl o ddifri am ddewis y tîm gorau bob wythnos heb feddwl am yr angen i ambell chwaraewr gael cyfle i gymryd seibiant o bryd i'w gilydd.

Chwarae heddiw er gwaetha 'migwrn a chael anaf i f'ysgwydd am y trafferth! O wel, dyna beth yw rygbi, wedi'r cyfan, gêm galed. Gan fod gêm Caerdydd yn erbyn Fiji ymhen pythefnos ac wedyn pythefnos arall hyd at y gêm ryngwladol yn erbyn y gwŷr o Foroedd y De, mae'n bwysig imi neud yn berffaith siŵr 'y mod i'n holliach ar gyfer y gêmau hynny. Dyna pam mae'r pwyntiau bonws 'ma yn gymaint o fwrn ar rywun sy'n ceisio helpu'i glwb wrth wneud ei orau glas i gadw'i le'n y tîm cenedlaethol.

Wythnos ola mis Hydref

Mae'r newyddion wedi torri bod Alex Evans wedi derbyn swydd 'nôl gartre gydag Undeb Rygbi Awstralia a'i fod i ddychwelyd gartre cyn y Nadolig. Rown i, ynghyd â nifer o chwaraewyr Caerdydd, ymhlith y cynta i glywed, rhyw dair wythnos 'nôl, ond roedd rhaid cadw'r peth yn dawel tan i'r cyhoedd gael gwybod. I raddau helaeth doedd y newyddion ddim fawr o syrpréis. Mae Kay, gwraig Alex, yn hiraethu am ei chartre ac mae'n hawdd deall hynny wrth sylweddoli nad yw ei mam hi'n mwynhau iechyd arbennig o dda ar hyn o bryd.

Mae Alex wedi cael y driniaeth lawfeddygol ar ei ysgwydd ac mae e'n gwella'n raddol. Aeth nifer ohonom i'w weld e yn yr ysbyty ac yn y cartre dros dro sy ganddo ef a Kay yma yng Nghaerdydd. Mae'r ddau wedi bod bron fel rhieni i nifer o chwaraewyr Caerdydd yn ystod eu harhosiad yng Nghymru a does neb wedi cael mwy o ddylanwad ar 'y ngyrfa i nag y mae Alex wedi'i gael. Bydd ymadawiad Alex yn golled enfawr i glwb Caerdydd ac yn golled enbyd i fi ac i nifer o chwaraewyr y clwb. Un o'r pethe rown i o hyd yn gallu neud os oedd rhywbeth yn mynd o'i le ar 'y ngêm i'n bersonol oedd troi ato am sgwrs. Yn ddieithriad, roedd e'n gallu rhoi'i fys ar y broblem ar unwaith a'i datrys, neu ddangos i fi ffor' i'w datrys. Dwi ddim yn meddwl y galla i byth eto greu'r fath ddealltwriaeth gyda rhywun arall ynglŷn â'm rygbi. Falle y bydd rhaid imi dyfu lan ychydig yn gyflymach o hyn ymla'n!

Dydd Sadwrn, 28ain o Hydref
(Caerdydd 22-Fiji 21)

Heddi, fe wynebon ni wal ddynol! Ie, rheng flaen Fiji yw'r rheng flaen fwya erioed i chwarae rygbi yn yr Ynysoedd Prydeinig. Dau brop yn pwyso cyfanswm o 43 stôn a bachwr 15 stôn i roi cyfanswm dychrynllyd o 58 stôn. Er bod cymaint o luniau ohonyn nhw wedi bod yn y papurau ers iddyn nhw gyrraedd, roedd cwrdd â nhw o'r diwedd yn brofiad anhygoel. Ta waeth am hynny, chafodd Andrew Lewis a Lyndon Mustoe fawr o drafferth i ddal eu tir. Yn wir, wedi rhyw ugain munud o'r ail hanner, fe lwyddon ni i wthio'u sgrym nhw'n ôl rhyw ddecllath i roi cyfle i'n mewnwr, Andy Moore, sgorio cais gweddol hawdd.

Do, fe enillon ni o un pwynt diolch i gicio gwych Adrian Davies, er i'r Fijïaid sgorio dau gais eu hunain. Oedd, roedd rhedeg gwefreiddiol y Fijïaid yn peri tipyn o ofid inni nawr ac yn y man, yn arbennig y symudiadau'n arwain at y ddau gais. Mae'n bwysig ein bod ni yng Nghymru'n gorfod wynebu arddull gwahanol o chwarae o bryd i'w gilydd er mwyn ehangu'n gorwelion a dysgu ffor' i ddelio â'r problemau sy'n deillio o hynny. Er i'r dorf werthfawrogi bylchiad y mewnwr, Rauluni, a chais Bogisa yn y munud ola, rwy'n siŵr bod ein cefnogwyr yn hynod o falch pan fethodd Turuva, y maswr, â'r trosiad o'r ystlys; buddugoliaeth arall, felly, yn erbyn tîm o dramor i glwb Caerdydd. Wedi'u gweld nhw heddi a chael cyfle i flasu'r 'rygbi siampên' y maen nhw'n enwog amdano, rwy'n hyderus y gallwn ni roi tîm cenedlaethol at ei gilydd a all eu gorchfygu'n gyfforddus ymhen pythefnos.

Un peth oedd yn amlwg heddi oedd fod Derwyn Jones wedi cael hen ddigon ar yr holl glatsio mae e'n gorfod ei dderbyn, bron ym mhob gêm. Mae fel petai gwrthwynebwyr eisiau dangos i'r cawr o Bontarddulais nad oes ei ofn e arnyn nhw. Ynghyd â hynny, mae pob tîm yn ei weld yn gymaint o fygythiad yn y llinellau fel eu bod nhw'n ceisio cael gwared arno'n gynnar yn y gêm. Do, fe lwyddodd Kobus Wiese i neud hynny yn Johannesburg ond dwi ddim yn credu y bydd neb arall yn dofi'r hen Dderwyn o hyn mla'n. Heddi, fe ddangosodd e dipyn o ddur wrth i'r rheng flaen enfawr 'na fygwth claddu Lyndon Mustoe mewn brwydr fach breifat ar ôl i'r bêl hen ddiflannu i ben pella'r cae. Ynghyd â gwaith da Andrew Lewis a Lyndon yn y sgrymiau yn erbyn y rheng flaen 'na, roedd penderfyniad newydd Derwyn a gwaith y rheng ôl, Vince Davies, Emyr Lewis a'n capten Hemi Taylor, yn allweddol heddi. A beth fyddech chi'n disgwyl i fachwr ddweud heblaw ymddiheuro i John Wakeford am beidio â sôn amdano fe hefyd. Ie, fechgyn, falle mai fi gafodd ei enwebu'n seren y gêm ond heb eich help chi i gyd, o mor wag fyddai'n teimladau ni heno.

Ynghyd â'r dathlu am i ni guro'r Fijïaid, mae pawb sy'n gysylltiedig â chlwb Caerdydd yn gwenu heno am ein bod ni'n dal yn gydradd ar frig Cynghrair Heineken, er i Bontypridd guro Castell-nedd 22-5. Un cais iddyn nhw ac felly dim pwynt bonws. Popeth i chwarae amdano yn y 14 gêm sy'n weddill.

Nos Iau, 2ail o Dachwedd

Methu hyfforddi na chysgu oherwydd anaf i'm hysgwydd. Yr holl boen yn fy niflasu ac wedi 'ngneud i'n isel iawn. Methu ymuno yn yr ymarfer gyda'r garfan genedlaethol yw'r peth mwya diflas ac mae hynny yn peri ofn na fydda i'n ddigon ffit i arwain Cymru ar y

Maes Cenedlaethol am y tro cynta wythnos i ddydd Sadwrn. Rwy'n teimlo 'mod i'n gadael y bechgyn lawr hefyd a'r cyfan y galla i neud yw gobeithio y bydda i'n holliach erbyn dydd Llun. Fe fydd 'na gyfnod go hir o ymarfer sgrymio ac os na lwydda i i gyflawni'r gwaith nos Lun yna fydda i ddim yn chwarae. Dyna'r hunlle gwaetha posib ond does 'na ddim byd i'w neud heblaw diodde'r poen a chael triniaeth ddwywaith y dydd a gobeithio am y gorau.

I leddfu'r boen rhyw ychydig, fe es i Gynhadledd i'r Wasg y bore 'ma pan gyhoeddwyd fod Jonathan Davies wedi ymuno â Chaerdydd. Ces i a gweddill y chwaraewyr wybod ddoe am fod 'na gymaint o sibrwd wedi bod ar y cyfryngau ers wythnosau. Yr argraff gynta o gwrdd â Jonathan ddoe yw ei fod e'n berson bonheddig na fydd 'da ni unrhyw drafferth i ddod mla'n 'dag e. Cafodd gyfle i esbonio'i fod e'n dod 'nôl gartre i Gymru i chwarae'r gêm y mae e'n ei mwynhau fwya. Mae'r math yna o ddatganiad yn argoeli na fydd 'na ormod o chwaraewyr yn diflannu i chwarae Rygbi XIII yn y dyfodol. Ond, pwy a ŵyr, falle y bydd 'na berygl o rywle arall?

Bydd y pwysau ar ei 'sgwyddau'n drwm iawn; pawb yn disgwyl iddo greu cais bob dau funud ac i lwyddo â phob cic at gôl. Ambell un yn gofidio am rywun mor enwog a dawnus yn dod â phwysau gormodol ar un neu ddau o'r olwyr yn y clwb. Yn 'y marn i, fodd bynnag, dyw dod â Jonathan 'nôl i Gaerdydd yn ddim byd ond daioni i'r clwb. Bydd gorfod ymladd am le yn y tîm yn siŵr o godi'n safonau eto. Ddylen ni ddim disgwyl gwyrthiau oddi wrtho er yr holl heip.

Nos Wener, 3ydd o Dachwedd

Byw yng nghanol llwch, paent a phapur wal ar hyn o bryd yn dilyn 'y mhenderfyniad i addurno rywfaint ar 'y nghartre yn Nhreganna yng Nghaerdydd. Mae'r gost wedi dyblu o'r hyn rown i'n bwriadu'i wario i ddechre, ond un peth da yw fod 'y nhad mor handi o gwmpas y lle. Mae e a'i gar yn torri cwys ddyddiol ar y draffordd o gartre fy rhieni'n agos i Borthcawl. Diolch byth ei fod e'n gallu troi'i law at bopeth o gwmpas y tŷ. Cymaint yw ei glod ymhlith y teulu fel bod fy nith, Bethan, sy'n dair blwydd oed fory, yn dweud bob tro y bydd hi'n sâl mai'i thad-cu fydd yn ei gwella. Tipyn o wahaniaeth yn yr ymateb yna i'r dyddiau hynny pan oedd e'n baffiwr blaenllaw ac yn ceisio neud niwed corfforol i'w wrthwynebwyr.

Cytundeb yn y post heddi oddi wrth gwmni *Cellnet*. Y rhyfeddod i fi yw eu bod nhw am dalu i fi ddefnyddio'u ffôn nhw! Mae'r cytundeb yn rhoi mwy o alwadau'n rhad ac am ddim nag y gallwn i byth eu gwneud mewn blwyddyn. Mae'r cytundeb yn cynnwys cymal sy'n rhoi hawl i'r cwmni ddiddymu'r holl beth dri mis ar ôl imi golli fy lle yn nhîm Cymru. Profiad newydd yw gorfod dysgu am fyd busnes mewn ffordd mor heriol.

Dydd Sadwrn 4ydd o Dachwedd

Clywed heddiw fod John Davies, prop pen tynn Castell-nedd a Chymru, wedi anafu'i asennau'n eitha difrifol. Mae John bellach gyda'r gorau yn y byd yn ei safle ac fe fydd hi'n golled erchyll i Gymru fod hebddo yn erbyn Fiji wythnos i heddi. Ond yr ofn mwya sy 'da fi yw os na fydd e'n ffit y bydd y dewiswyr yn anwybyddu Lyndon Mustoe. Os na chaiff e'i ddewis yn absenoldeb John, yna rwy'n credu y bydd e'n gweld ei yrfa'n chwalu. Byddai'n well 'da fi weld John Davies yn ffit ond, os oes rhaid neud hebddo, yna Lyndon Mustoe yw'r gorau yng Nghymru i gymryd ei le ar hyn o bryd. Fe fydde Lyndon yn fodlon marw dros Gymru ar y cae rygbi a 'ngofid yw fod y dewiswyr wedi digwydd gweld rhywbeth gwahanol yn chwarae rhywun arall dros yr wythnosau diwetha. Ydw, rwy eisiau gweld y tîm cryfa posib yn cynrychioli Cymru ond, heb John Davies, rwy'n siŵr y dylai'r tîm hwnnw gynnwys Lyndon Mustoe. 'Na fe, rwy wedi cael dweud 'y nweud!

Dydd Sul, 5ed o Dachwedd
(Caerdydd 57-Aberafan 9)

Cyffro mawr yn hwyr y prynhawn 'ma wrth i Jonathan Davies chwarae'i gêm gynta dros Gaerdydd. Roedd swyddogion y clwb wedi gobeithio gweld y maes yn orlawn er mwyn ad-dalu tipyn o'r gost o brynu Jonathan mas o'i gytundeb gyda Warrington, ei glwb Rygbi XIII.

Dim cweit mor llawn â hynny ond roedd 'na ddigon o bobl o gwmpas y cae i roi croeso twymgalon iddo. Roedd y camerâu teledu yno hefyd ac roeddech chi'n gallu teimlo'r cyffro wrth gerdded i mewn i'r maes.

Gan fod y gêm ryngwladol yn erbyn Fiji ddydd Sadwrn, doedd neb o garfan Cymru ar gyfer y gêm honno'n chwarae heddi ac fe wyliais i'r gêm gyda Hemi Taylor o gornel cymharol dawel o'r cae. Er hynny, fe dreuliodd y ddau ohonon ni dipyn o amser yn llofnodi rhaglenni ac ati. Rhyfedd yw meddwl y bydd nifer o bobl yn cadw'u rhaglen oherwydd pwysigrwydd hanesyddol dychweliad Jonathan ac eto wedi llwyddo i gael llofnod dau chwaraewr na fu'n chwarae yn y gêm.

Dydd Llun, 5ed o Dachwedd

I'r ysbyty yn y bore am sgan MRI ar yr ysgwydd sy'n dal i 'mhoeni. Chwistrelliad o liwur i mewn i'r ysgwydd gynta ac wedyn gorfod gorwedd yn y peiriant 'ma am ryw hanner awr tra oedd lluniau'n cael eu tynnu o bopeth dan 'y nghroen. Ymateb y bobl feddygol ar ôl astudio'r lluniau oedd nad oedd dim byd rhy ddifrifol o'i le. Problem 'da'r gewynnau yn yr ysgwydd ac, yn ôl yr arbenigwr, fe ddylai fod yn iawn i chwarae ddydd Sadwrn os galla i ddiodde rhywfaint o boen.

Sesiwn ymarfer gyda charfan Cymru heno, ac fel yr addawodd Kevin Bowring yr wythnos ddiwetha, tipyn o sgrymio. Ar y dechre, roedd y poen yn annioddefol am ychydig funudau ond, wrth dwymo a gweithio'n galetach, fe anghofiais amdano. O dipyn i beth dechreuais deimlo'n weddol gyfforddus a gallu canolbwyntio ar ymarfer ar gyfer y gêm fawr ddydd Sadwrn.

Am ryw reswm, roedd hi fel petai pawb yn y garfan yn diodde o ryw felan ar ddechre'r ymarfer; neb yn llwyddo i ganolbwyntio ar yr hyn y mae Kevin Bowring yn ceisio'i neud. Bu'n rhaid i fi roi trefn ar bethe trwy atgoffa pawb fod gobeithion y Wlad arnon ni i wella pethe ar ôl trychineb y ddau Gwpan Byd diwetha a'r holl golledion eraill dros y blynyddoedd. Ynghyd â hynny, rŷn ni'n cael ein talu £2,000 am chwarae ddydd Sadwrn ac fe fydd bonws ar gael os enillwn ni. Y cyfan allwn ni neud heno yw gobeithio yr aiff pethe'n well ddydd Mercher.

Profiad rhyfedd ar ddiwedd yr ymarfer oedd treulio amser yng nghwmni seicolegydd chwaraeon. Profiad hollol newydd a rhyfedd imi ac i'r mwyafrif o'r bechgyn. Rown i wedi clywed am y math yma o beth o'r bla'n ond down i ddim yn gwybod beth i'w ddisgwyl. Tra oedd 'na un neu ddau beth oedd o gymorth i ni fel tîm, roedd un o'i syniadau yn wastraff amser llwyr. Roedd pob un ohonon ni'n sefyll mewn cylch yn y stafell yn dal dwylo'r rhai nes aton ni tra oedd tâp o 'Hen Wlad Fy Nhadau' yn taranu o beiriant yn y gornel! Dwi ddim yn credu i neb gael ei ysbrydoli trwy neud y fath beth. Does dim ond eisiau tynnu'r crys coch mla'n a rhedeg mas ar gae rygbi ac ymuno yng nghanu'r anthem i ysbrydoli'r bechgyn yn y garfan bresennol. Falle nad yw hynny wedi bod yn wir bob amser yn y gorffennol, ond rwy'n sicr fod hynny'n wir y dyddiau hyn. Does dim angen i rywun arall ddweud wrthyf pa mor bwysig i fi yw cynrychioli Cymru ac ennill gyda Chymru.

Beth bynnag, fe ges i air gyda Kevin Bowring cyn i bawb fynd ac mae e'n teimlo fod pethe ar y trywydd iawn ar gyfer dydd Sadwrn ac, yn wir, ar gyfer y tymor, pwy bynnag fydd yn hyfforddi'r tîm ar gyfer Pencampwriaeth y Pum Gwlad.

Dydd Mawrth 7fed o Dachwedd

Chysgais i fawr ddim neithiwr. Roedd yr ysgwydd yn rhy boenus ar ôl ymarfer sgrymio. Dyw pethe ddim yn well fel mae'r dydd yn mynd mla'n. Dyma'r hunlle fwya allai fod wedi digwydd. Doedd chwarae yn Ne Affrica ddim hanner mor bwysig ag y bydd chwarae ar y Maes Cenedlaethol. Er i mi neud 'y ngore yng Nghwpan y Byd a hefyd ym mis Medi yn Johannesburg, hon yw'r un fawr. Mae 'na gymaint o bobl wedi dymuno'n dda ar gyfer dydd Sadwrn fel na alla i feddwl am dynnu'n ôl. Un posibilrwydd yw cael chwistrelliad o *Cortisone* cyn y gêm. Dyna fyddai'r cam eitha ac un i'w osgoi os oes modd. Yn y cyfamser, triniaeth ddwywaith y dydd i geisio gwella'r peth a gobeithio cael rhywfaint o gwsg dros y tridiau nesa.

Dydd Mercher, 8fed o Dachwedd

Hyfforddi gyda charfan Cymru heno yn y Stadiwm Cenedlaethol. Cyfle i ymarfer pob agwedd ar ein chwarae ar gyfer dydd Sadwrn. Hyfforddwr ffitrwydd newydd yr Undeb, Dave Clarke, yn gwthio ffiniau'r hyn y gall ein cyrff ei wneud. Sesiwn arbennig o dda a phawb yn gwneud eu gorau glas. Mae pethe'n dod at ei gilydd mewn pryd – o'r diwedd.

Yr unig beth oedd yn amharu ar 'y mwynhad o bethe oedd y poen yn f'ysgwydd. Rwy'n dal i gael triniaeth bob dydd ac mae'r meddyg yn ffyddiog y bydd popeth yn iawn mewn pryd ar gyfer dydd Sadwrn. Gobeithio bod pawb yn iawn ac yn dweud y gwir. Fydda i ddim yn hapus o gwbwl os bydd rhaid tynnu'n ôl o'r tîm ar y funud ola wedi'r holl ddisgwyl.

Mae'r tŷ'n dechre edrych yn well hefyd erbyn hyn, diolch i waith 'nhad wrth gwrs. Dim ond rhywfaint ar y lloriau sydd ar ôl nawr ac fe fydd e'n lle gweddol i fyw ynddo!

Dydd Iau, 9fed o Dachwedd

Hyfforddi y prynhawn 'ma eto cyn symud lan i Westy Copthorne yng Nghroes Cwrlwys heno. Fel capten, rwy'n cael stafell i fi fy hunan! Hynny'n golygu na fydd rhaid becso am gael 'y nihuno'n ystod y nos gan rywun yn chwyrnu.

Mae symud mewn i'r gwesty'n dangos pa mor agos

ŷn ni at ddiwrnod mawr y gêm yn erbyn Fiji.
Sylweddoli mai dim ond pedwar sesiwn ymarfer ŷn ni
wedi'u cael ar gyfer y gêm a llai na deuddydd i fynd
cyn y gic gynta. Mae'n amlwg nad yw cyn lleied o
ymarfer yn ddigon o baratoad ar gyfer gêm ryngwladol.
Allech chi ddychmygu'r ymateb petai ni'n colli'n erbyn
Fiji neu'n chwarae'n arbennig o wael? Fydd hyn ddim
digon da yn y dyfodol wedi'r chwyldro proffesiynol.

Dyw'r ffaith fod Alex Evans wedi gorfod rhoi'r gore
i'w swydd fel hyfforddwr ddim wedi helpu pethe. Y
cyfan allwn ni, chwaraewyr, ei wneud nawr yw
gobeithio y bydd yr Undeb yn penderfynu ar
hyfforddwr amser llawn gynted â phosib. Mae angen
sefydlogrwydd arnon ni ac mae angen rhoi cyfle i'r
hyfforddwr gael digon o amser i baratoi'i dîm ar gyfer
y gêmau mawr.

Rhywbeth diflas sydd wedi digwydd heddi yw i stori
dorri am rai o'r bechgyn yn diota yn Ne Affrica yn
ystod Cwpan y Byd. Mae'r holl beth wedi diflasu Alex,
wrth gwrs, ond roedd gadael i'r stori dorri ddeuddydd
cyn y gêm yn erbyn Fiji yn rhywbeth cas ac anghyfrifol.
Oedd, roedd un neu ddau hen law wedi mynd dros
ben llestri. Ond doedd hi ddim yn deg arnon ni, sy'n
cyfri'n hunain yn genhedlaeth newydd o chwaraewyr
rhyngwladol, i'r stori gael ei chyhoeddi heddi, yn
arbennig yn y *South Wales Echo*.

Yr hyn sy'n gwneud y peth yn waeth yw i Alex gael
ei holi am y busnes 'ma dros ddeufis 'nôl. Pam oedd
rhaid i'r *Echo* aros tan heddi i osod pennawd enfawr
ar y dudalen gefn yn sgrechen 'BOOZERS!'? Bydd hyn
yn rhywbeth y bydd hi'n rhaid inni gario o gwmpas

am amser hir. Dyw hi ddim yn rhwydd gwneud hynny pan ŷch chi'n gymharol ifanc ac yn newydd i'r ffordd mae'r Wasg am werthu'u papurau.

Mae'r Wasg yn ceisio cysylltu Mike Ruddock, hyfforddwr Abertawe ac aelod o'n tîm hyfforddi yn ystod Cwpan y Byd, â'r yfed. Ond pan holwyd Alex fe wrthododd enwi neb. Fe alla i sicrhau pawb i'r stori fel y'i cyhoeddwyd gynnwys nifer o ffeithiau anghywir. A na, wna i ddim enwi neb chwaith. Mae'r math yma o stori yn peri dyn i ofyn a yw ambell adran o'r Wasg yng Nghymru am ddiflasu'r chwaraewyr a'n gweld ni'n gwneud cawlach o bethe?

Dydd Gwener, 10fed o Dachwedd

Mae'r hen nerfusrwydd 'nôl ac yn dechre cnoi wrth i'r diwrnod mawr ddod yn nes. Gan 'y mod i nawr yn y gwesty mae'n haws i'r Wasg gael gafael ynof ar y ffôn. Ambell un yn iawn, ond y rhan fwya'n gofyn y cwestiynau mwya dwl: (1) "Faint o bwyntiau fyddwch chi'n sgorio'n erbyn y Fijïaid?" (2) "Pryd fyddwch chi'n teimlo y byddwch chi'n ddigon pell ar y blaen i ymlacio a dechre taflu'r bêl o gwmpas i roi crasfa go iawn i'r Fijïaid?" a.y.y.b.

Esbonio drosodd a thro fod y Fijïaid wedi dod i Gymru gyda'r bwriad o ennill un gêm bwysig. Y gêm honno, wrth gwrs, yw'r Gêm Brawf fory. Falle'n bod ni yng Nghymru wedi'u galw nhw'n gêmau rhyngwladol hyd yn hyn, ond rwy'n defnyddio'r ymadrodd 'Gêm

Brawf' fy hunan gan mai dyma wir brawf y tîm sydd ar daith. Do, fe gollon nhw yn erbyn Castell-nedd (23-30), Pontypridd (13-31) a Chaerdydd (21-22) ond mae'u canlyniadau yn erbyn Tîm 'A' Cymru (25-10), Treorci (70-14) a Llanelli (38-12) wedi dangos fod y gallu ganddyn nhw i gystadlu gyda goreuon Cymru.

Mae nifer o'u chwaraewyr nhw'n gallu rhedeg yn wefreiddiol a grymus ac fe fydd yn rhaid inni daclo fel 'tai'n bywydau'n dibynnu ar bob tacl. Mae'u honglau rhedeg nhw'n newid o funud i funud yn ystod gêm ac mae'r maswr, Jonetani Waga, hefyd yn gefnwr o fri. Chwaraeodd y cefnwr, Filipe Rayasi, fel maswr yn erbyn Cymru yn Suva y llynedd. Fel tase hynny ddim yn ddigon i ddrysu dyn, mae'r eilydd fory, Rasolosolo Bogisa, wedi chwarae fel cefnwr yn erbyn Cymru (eto yn Suva y llynedd) ac eto chwaraeodd e fel maswr yn erbyn Tîm 'A' Cymru dair wythnos yn ôl.

Pawb o'r garfan yn mynd i'r sinema heno i weld *Braveheart*. Er 'y mod wedi gweld y ffilm o'r blaen, rwy'n edrych ymlaen at ei gweld eto achos dyma'r math o ffilm i'w gweld ar noson cyn gêm fawr. Llawn cyffro ac antur. Y math o ffilm rwy'n ei mwynhau. Ynghyd â hynny, os bydd unrhyw un o'r garfan yn gweld y ffilm am y tro cynta heno, yna mae e'n siŵr o gael rhywfaint o ysbrydoliaeth o'r peth.

Bore dydd Sadwrn, 11eg o Dachwedd

Bore'r Gêm Brawf – o'r diwedd! Dihuno'n gynnar iawn; yr ysgwydd dal yn boenus. Cael hi'n anodd i symud 'y mraich y peth cynta'n y bore. 'Sdim perygl, fodd bynnag, na fydda i'n chwarae. Fe fydd yr adrenalin yn 'y nghario i drwy'r prynhawn. Hyd yn oed yn fwy nerfus nag arfer; hynny yw, yn teimlo'n fwy nerfus na phan chwaraeon ni yng Nghwpan y Byd ac yn Ne Affrica ar ddechre mis Medi.

Galwad ffôn oddi wrth Alex Evans. O ran y rygbi, y peth pwysica oddi ar y bore cynnar, gan mai Alex, ynghyd â 'nhad, yw ysbrydoliaeth unrhyw lwyddiant rwy'n ei fwynhau ar y cae. Nifer o blant ysgol yn galw heibio i roi cerdyn mawr i fi'n dymuno lwc dda i'r tîm. Syniad gwych ac un roedd pob un ohonon ni'n ei werthfawrogi. Pwy a ŵyr hefyd, falle y bydd un o'r plant wedi'i ysbrydoli heddi i geisio'n hefelychu ryw ddiwrnod a chwarae rygbi dros Gymru.

Daeth 'y nghariad, Kate, i fyny â bwndel o bethe oedd wedi dod trwy'r post i'r tŷ. Doeddwn i ddim hyd yn oed yn rhyw gwrtais iawn wrthi hithau wrth i'r nerfusrwydd gnoi. Dyma'r tro cynta inni fod yng nghwmni'n gilydd ar ddiwrnod Gêm Brawf ac felly rwy'n gobeithio'i bod hi'n esgusodi'r nerfusrwydd. Bydd rhaid ymddiheuro heno ar ôl y gêm a cheisio dysgu na alla i ymddwyn mor anghwrtais hyd yn oed ar ddiwrnod mor fawr. Mae hi *yn* deall shwd rwy'n teimlo'r bore 'ma, o leia.

Mae'n arllwys y glaw trwy'r bore. Bydd llawer yn credu y bydd hynny'n ein siwtio ni i'r dim, yn arbennig o gofio am allu'r Fijïaid i redeg atom o bob cyfeiriad. Y trueni yw fod llawer wedi anwybyddu'r ffaith fod naw o dîm Cymru'n chwarae'u Gêm Brawf gynta o flaen ffrindiau a theuluoedd heddi. Dim ond Hemi

Taylor a Derwyn Jones ymhlith y blaenwyr sydd wedi cynrychioli Cymru ar y Maes Cenedlaethol o'r blaen. Ydy, mae'r gallu 'da ni i guro'r Fijïaid yn gyfforddus, ond eto, ar y diwrnod, a chymryd pob agwedd ar bethe i gownt, rhaid inni beidio â bod yn or-hyder-us . . . rhag ofn! Ymhlith y pac, dŷn ni ddim yn nabod ein chwarae'n ddigon da os bydd pethe'n dechre mynd o chwith. Y peth mwya positif sydd wedi digwydd yr wythnos hon yw 'mod i'n teimlo'n fwy hyderus fel capten oddi ar y cae. Doedd 'na ddim diffyg hyder yn Ne Affrica ar ddiwedd mis Awst. Ond mae pethe'n wahanol erbyn hyn. Mae'n haws tynnu un neu ddau o'r bechgyn i'r naill ochr yn y gwesty am sgwrs fach heb deimlo fod rhywbeth o'i le. Rwy'n credu bod y bechgyn yn gwerthfawrogi hyn a gobeithio gall peth bach fel hynny gael ei drosglwyddo i'n perfformiad ar y cae heddiw.

Prynhawn Dydd Sadwrn, 11eg o Dachwedd
(Cymru 19-Fiji 15)

Dyma'r fuddugoliaeth gynta gartre i Gymru ers dros flwyddyn ac roedden ni'n llawn haeddu ennill. Yn ystod y chwarter awr cynta rown i'n teimlo'n bod ni ar fin rhedeg i ffwrdd â'r gêm yn llwyr. Taclwyd Ieuan ar eu llinell nhw yn yr ail funud pan oedd e ar fin sgorio a bu'n rhaid aros pum munud arall cyn inni fynd ar y blaen. Bu bron i Justin Thomas sgorio ond fe drawodd e'r bêl mlaen i roi sgrym i'r Fijïaid. Gwthio cydnerth ein pac ni'n rhoi gormod o bwysau arnyn nhw ac Andy Moore, y mewnwr, yn llwyddo i gael ei law ar y bêl i roi cais i ni.

Er i Neil Jenkins fethu â'r trosiad, o fewn saith munud arall roedd y maswr ei hunan wedi sgorio cais arall. Hynny'n dilyn tacl hwyr ar Proctor gan wythwr Fiji, Dan Rouse. Er i'r Fijïaid gymryd yn ganiataol fod Jenks am geisio cicio gôl gosb, na'th e ddim arwyddo hynny i'r dyfarnwr o Seland Newydd, Paddy O'Brien. Tra oedd cefnau'r Fijïaid tuag ato, cymerodd ein maswr y cyfrifoldeb ar ei sgwyddau a chymryd cic fer iddo fe'i hunan a chamu'n hamddenol i sgorio cais hawdd.

A dyna, yn anffodus, ddiwedd ar atgofion da'r prynhawn i'r cefnogwyr unllygeidiog. Anafwyd Nigel Davies yn yr hanner cynta ac fe ddaeth Aled Williams i'r maes yn eilydd iddo. Symudodd Jenks i'r canol i wneud lle i Aled ac roedd hi'n ymddangos yn gyfle gwych i ni arbrofi. Er i Aled a Neil wneud eu gorau, roedden ni wedi colli'r siâp oedden ni wedi bod yn ei ddefnyddio wrth ymarfer.

Yn anffodus, wrth inni ddygymod â cholli Nigel, fe lwyddon ni i ganiatáu cais i'r asgellwr chwim, Manasa Bari, a droswyd gan Waqa ac fe ychwanegodd gôl gosb cyn yr egwyl i roi sgôr o 10-10 hanner ffordd trwy'r gêm.

Yn yr ail hanner, ciciodd Neil Jenkins dair gôl gosb yn ateb i gais unigol gwych gan y cefnwr, Rayasi, i roi buddugoliaeth glòs i Gymru. Oedd, roedd hi'n brynhawn anodd yn y diwedd. Y Fijïaid byth a hefyd yn rhedeg aton ni o bob cyfeiriad ar bob math o ongl anarferol. Roedd heddiw'n rhan anhepgor o'r broses ddysgu a dwi ddim yn credu y byddai'r un wlad arall yn Ewrop wedi llwyddo i ddygymod â'r problemau'n well nag y gwnaethon ni.

Ar ddiwedd y gêm, roedd hi'n rhyddhad i sylweddoli'n bod ni wedi ennill, yn arbennig ar ôl cyn lleied o ymarfer. Ambell glown yng nghynhadledd y Wasg yn awyddus i siarad am ein lwc yn ennill. Dwi ddim yn credu'u bod nhw'n sylweddoli pa mor agos y mae'r safon rhwng llawer o'r gwledydd sy'n chwarae rygbi'r dyddiau hyn. Ond yn bendant nid lwc oedd ein bod wedi ennill.

Rhywbeth diddorol rwy wedi'i ddysgu erbyn hyn (ac roedd heddiw yn gyfle gwych i ehangu 'ngwybodaeth) yw fod cyn-chwaraewyr rhyngwladol Cymru, bron yn ddieithriad, yn syrthio i mewn i ddwy garfan. Mae 'na rai sy'n hynod o gefnogol ac yn barod iawn â'u cymorth a'u cyngor a'u geiriau caredig a bob amser yn dymuno'r gorau tan y tro nesa. Mwy na thebyg eu bod nhw'n cofio pa mor anodd oedd pethe yn ystod eu gyrfa nhw. Eraill wedyn byth a beunydd yn feirniadol. Dim gair da i'w ddweud am neb yn y garfan. Atgoffa rhywun bob yn ail frawddeg gymaint uwch oedd safon y rygbi yn eu dyddiau nhw. Dwi ddim yn deall y math yna o agwedd o gwbwl. Yn gynta, mae'r gêm wedi newid yn llwyr ers eu dyddiau chwarae nhw. Yn ail, ac yn bwysicach falle, mae'r gwledydd eraill wedi dysgu oddi wrth lwyddiant anhygoel Cymru yn y 70au a gwneud gwell defnydd o'r gwersi na ni.

Does gan neb yr hawl i ddweud nad oes gan Gymru chwaraewyr talentog y dyddiau hyn nac yn y gorffennol agos o gofio am bobl fel Ieuan Evans a Mark Ring, ymhlith llawer o chwaraewyr athrylithgar eraill. Os oes 'da fi uchelgais ar y cae rygbi rhyngwladol, fe hoffwn ddangos i'r bobl negyddol ymhlith y cyn-chwaraewyr y gall Cymru godi i'r brig unwaith eto cyn diwedd 'y ngyrfa.

Nos Fawrth, 14eg o Dachwedd

Chredech chi fyth, ond mae 'na ambell un ymhlith y Wasg yn dal i draethu am y gêm ddydd Sadwrn, yn manylu am bethe na allen nhw fyth fod wedi'u gweld wrth eistedd yn lloc y Wasg. Rhaid, a dweud y gwir, imi wrthod darllen y papurau. Rŷn ni chwaraewyr yn deall yn union pa agweddau o'r gêm sydd wedi mynd yn dda a phryd y methon ni. Anwybyddu dylanwadau o'r tu allan sydd orau, ond mae hynny'n anodd pan fo dyn wedi bod mor gyfarwydd â darllen y tudalennau chwaraeon yn ddyddiol.

Agwedd arall o'r Wasg sy'n 'y niflasu yw'r ffordd mae bobl yn rhoi marciau allan o 10 i'r chwaraewyr yn ambell bapur ar ôl rhai gêmau. Do, yn ddieithriad, fe ges i farc da gan bawb ar ôl gêm dydd Sadwrn. Ond mae 'na ambell un oedd yn haeddu llawer gwell marc na'r un a roddwyd iddyn nhw gan un neu ddau sylwebydd.

Siom fawr dros y penwythnos oedd clywed rheolwr y Fijïaid, Brad Johnstone, yn dweud fod ambell Gymro wedi dweud wrtho'u bod nhw'n gobeithio gweld Fiji'n curo Cymru. Does 'da fi ddim hawl i wrthod credu Brad ac rwy yn drist iawn i glywed hyn. Rwy'n teimlo 'mod i'n Gymro i'r carn ac rwy am weld pob Cymro'n llwyddo ym mha bynnag faes y mae e neu hi'n cystadlu ynddo. Ychwanegodd Johnstone ei fod e'n credu fod gan Gymru'r chwaraewyr i godi statws y gêm 'nôl i lle'r oedd hi pan ddaeth e yma gyda Seland Newydd ugain mlynedd yn ôl.

Mae'r ysgwydd yn dal i 'mhoeni ac mae'n amheus a fydda i'n ddigon ffit i wynebu Trecelyn ddydd Sadwrn. Colli sesiwn ymarfer heno ac mae un o 'mhengliniau'n rhoi trafferth hefyd. Cyfle heno, felly, i ddysgu sut i ddefnyddio'r ffôn symudol newydd heb i neb o'r bechgyn alw heibio. Ydw, ch'wel', rwy fel plentyn bach yn chwarae 'da thegan newydd, yn ffonio Mam a thipyn o bawb er mwyn rhoi'r rhif pwysig newydd iddyn nhw!

Dydd Mercher, 15fed o Dachwedd

Yr ysgwydd yn dal i roi poen. Dros y misoedd nesa, mae'n mynd i fod yn anos i gymryd egwyl er mwyn rhoi amser i anaf neu ddau wella. O leia yng nghlwb Caerdydd rŷn ni'n dri bachwr, finne, Paul Young a Huw Bevan. Ydyn, rŷn ni'n cystadlu am yr un safle, ond pan fod 'na gymaint o bwysau ar y garfan y dyddiau hyn, mae'n bwysig fod y clwb yn ein cadw i gyd yn hapus. Tra 'mod i wedi bod ar ddyletswydd rhyng-wladol, mae Paul wedi cael cyfle i chwarae mewn gêmau cyfeillgar yn erbyn Gorllewin Griqualand a

Phrifysgol Caergrawnt. Roedd Huw ar y fainc yn eilydd ac fe chwaraeodd e yn erbyn Aberafan yn y gynghrair.

Yr ofn mwya sy 'da fi o hyd yw colli'r cyfle i chwarae ym Mhencampwriaeth y Pum Gwlad. Ydw, rwy wedi chwarae yng Nghwpan y Byd yn barod. Rown i'n ffodus dros ben i ddechre 'ngyrfa ryngwladol yn erbyn Seland Newydd ac, i lawer, dyna uchafbwynt gyrfa. Ond mae'r gystadleuaeth flynyddol rhwng pum gwlad rygbi blaenllaw Ewrop yn llawn mor bwysig ac, yn ôl llawer, llwyddo dros y gyfres o bedair gêm ar ddiwedd y gaea yw'r nod ucha i anelu ato.

Dros yr wythnosau a'r misoedd nesa, felly, fe alla i weld fy hunan yn cael 'y nhynnu i ddau gyfeiriad o ran ffitrwydd, gan y bydda i'n awyddus i gymryd rhan flaenllaw yn ymgyrch Caerdydd yn Ewrop, Cwpan SWALEC a'r Bencampwriaeth. Ar yr un pryd, fydda i ddim am roi 'y nyfodol rhyngwladol yn y fantol, yn arbennig o gofio pa mor galed rwy wedi brwydro i gyrraedd y nod.

Dydd Sadwrn, 18fed o Dachwedd
(Trecelyn 18-Caerdydd 30)

Do, fe enillon ni a na, doedd dim rhaid i fi fynd ar y cae o gwbl. Fe adawon ni Drecelyn 'nôl mewn i'r gêm ar un adeg ond yn y diwedd roedd hi'n fuddugoliaeth gyfforddus inni. Sgoriodd Paul Young gais i ddangos fod 'na gystadlu ar y gweill rhwng y tri ohonon ni i weld p'un o'r bachwyr fydd yn sgorio fwya o geisiau'n ystod y tymor. Ar hyn o bryd, fi sy ar y bla'n, wedi sgorio cais yn erbyn Llanelli a Threorci a Young wedi agor ei gownt heddi.

Gan i ni Gymry chwarae yn erbyn Fiji wythnos 'nôl, roedd hi'n rhyfedd sylwi fod pedair gwlad arall y Bencampwriaeth i gyd yn chwarae heddiw. Lloegr 14-De Affrica 24 yn Nhwicenham; Yr Alban 15-Gorllewin Samoa 15 ym Murrayfield (tipyn o sioc i'r Sgotwyr) a Ffrainc 12-Seland Newydd 37 (y Teirw Duon yn dial ar ôl colli 22-15 yn Toulouse wythnos 'nôl). Daeth y newyddion mwya diflas, fodd bynnag, o Lansdowne Road yn Nulyn lle curodd yr Iwerddon Fiji 44-15. Sgoriodd y Gwyddelod chwe chais ac mae'n amlwg y bydd bois y Wasg wrth ein gyddfau nawr yn gofyn pam na lwyddon ni i wneud yr un peth. Bydd un o daleithiau'r Iwerddon, Ulster, yn dod i chwarae Caerdydd ymhen deng niwrnod ac fe fydd hynny'n gyfle cynnar i fesur ein gallu yn erbyn criw o Wyddelod.

Dydd Llun, 20fed o Dachwedd

Ar ôl treulio'r noson mewn gwesty ar gyrion maes awyr Gatwick, aros heddiw mewn gwesty y tu allan i Bordeaux lle nad oes fawr o gyfle i fynd i unman i wneud dim. Rheolwyr y gwesty wedi trefnu pryd o fwyd o *pasta* a thatws rhost – yn amlwg yn credu fod angen ein bwydo â digon o garbohydrad ar gyfer y gêm. Doedd hynny ddim yn ddigon i Hemi Taylor a finne ac felly fe lwyddon ni i drefnu darn o gyw iâr yr un mewn rhyw saws Ffrengig blasus a'i fwyta yn y stafell rŷn ni'n ei rhannu. Gwledd fach breifat a chyfforddus i helpu i godi'r awch ar gyfer y gêm nos yfory.

Diwrnod gwych o ran codi'n hysbryd fel tîm. Y daith ar yr awyren yn estyniad o'r daith ar y bws o Gaerdydd i Gatwick ac mae'n wych bod mewn gwlad estron ymhlith ffrindiau.

Dydd Mawrth, 21ain o Dachwedd
(Begles-Bordeaux 14-Caerdydd 14)

Diwrnod hir iawn gan nad yw'r gêm tan 8.15 heno (amser Ffrainc). Y bwyd yn well yn y gwesty amser cinio a digon o gig i ni'r blaenwyr gnoi fel llewod ar gyfer y frwydr! Treulio pump awr yn y stafell yn ystod y prynhawn ar ôl mynd am dro bach bore 'ma. Yr hyfforddwyr am wneud yn siŵr nad ŷn ni wedi blino cyn dechre'r gêm. Dwi ddim yn credu bod 'na fawr o berygl i hynny ddigwydd gan fod pob un ohonon ni'n gweld heno'n gyfle inni ddangos i'r byd nad yw rygbi Cymru mor wan ag y mae rhai o fois y Wasg yn honni.

Cais yr un i asgellwr rhyngwladol Bègles, Bernat-Salles, ac i'n blaenasgellwr ni, Mark Bennett, a thair gôl gosb yr un i'w maswr nhw, Vincent Etcheto ac i Adrian Davies; canlyniad arbennig o dda i ni. Bu bron i ni ennill yn y diwedd wrth i Adrian fethu â chic gosb. Doedd neb yn ei feirniadu gan iddo'n cicio ni'n ôl lawr i'w hanner nhw o'r cae drosodd a thro i godi'r pwysau oddi arnon ni'r blaenwyr.

Rhaid cyfadde, rown i'n meddwl unwaith neu ddwy y byddai'r Ffrancwyr yn ein curo ni'n drwm achos fe ddechreuon nhw fel trên ac roedd y dorf o 10,000 yn Stadiwm André Moga wrth eu bodd yn gweld y mewnwr, Guy Accocceberry, yn trosglwyddo'r bêl i'w olwyr i ddangos eu doniau.

Gyda llaw, mae'n debyg fod y stadiwm wedi'i henwi ar ôl aelod o reng flaen Ffrainc 'nôl yn y gorffennol pell. Na, dwi ddim yn gofyn am weld cofeb debyg yn dwyn f'enw 'nôl yng Nghymru ryw ddiwrnod!

Mae wedi bod yn werth dod i Bordeaux ac mae'r canlyniad, yn y diwedd, yn rhoi pleser mawr i fechgyn Caerdydd i gyd.

3.30, bore dydd Mercher, 22ain o Dachwedd

Noson fawr, yn yr ystyr ei bod hi wedi bod yn noson hwyr . . . neu yn fore cynnar, os mynnwch chi. Gan i'r gêm ddechre am 8.15, roedd hi'n un ar ddeg o'r gloch erbyn i ni ddod mas o'r stafell newid. Derbyniad swyddogol wedyn, yn mynd mla'n tan hanner awr wedi dau y bore a chyrraedd 'nôl yn y gwesty tua thri. Ar achlysur fel hyn ac yn y byd rygbi newydd, roedd yn rhaid ymddwyn fel llysgenhadon dros y clwb ac felly roedd pawb yn ofalus beth oedden nhw'n ei yfed. Mae'r dyddiau wedi mynd pan fo blaenwyr yn yfed peint ar ôl peint o gwrw ar ôl gêm. Bydd gan yr hyfforddwr ffitrwydd, Gwyn Griffiths, rywbeth i'w ddweud os bydd rhywun yn mynd dros ben llestri.

'Nôl, felly, i'r stafell, lle mae'n amhosib cysgu trwy chwyrnu swnllyd Hemi! Mae e'n chwyrnwr heb ei ail. Pencampwr o chwyrnwr a dweud y gwir. Falle mai dyna pam mae e'n gapten ar y clwb. Pawb yn gobeithio y byddai'n cael stafell iddo fe'i hunan ar daith fel hon? Pob math o syniadau dwl yn dod i'r meddwl yn oriau mân y bore pan fo rhywun yn methu'n lân â chysgu!

Nos Wener, 24ain o Dachwedd

Cinio swyddogol Clwb Rygbi Caerdydd heno a chyfle i ddathlu, mewn ffordd hynod o sobor, lwyddiant y clwb a'r chwaraewyr unigol dros y misoedd diwetha. Ces rodd o blât arian yn gofeb am ennill fy nghap cynta dros Gymru.

Cyflwynwyd Alex Evans gyda chartŵn gwreiddiol ohono'i hun gan Gren fel rhan o'r deyrnged iddo wrth iddo baratoi i fynd 'nôl i Awstralia. Roedd yr achlysur yn gymysgedd o ddathlu a thristwch wrth i'r clwb ffarwelio'n swyddogol ag Alex. Fe fydda i'n fwy trist fyth pan fydd e'n mynd a'n gadael ni.

Dydd Sadwrn, 25ain o Dachwedd
(Caerdydd 18-Casnewydd 22)

Araith ysbrydoledig Alex yn y cinio neithiwr yn dal i gorddi yn 'y meddwl bore 'ma. Mae'n anodd credu fod y dylanwad mwya ar 'y ngyrfa'n mynd 'nôl i'w gartre ym mhen pella'r byd cyn bo hir. Fe fydda i'n drist iawn i'w weld e'n mynd. Bydd e'n golled enfawr i'r clwb. Bydd rhaid i fi a phawb arall yn y clwb fyw 'da'n atgofion ohono a dygymod â'r golled. Bydd rhaid mynd mla'n â 'mywyd heb ei ysbrydoliaeth a'i herio cyson. Dwi ddim yn edrych mla'n at ei weld e'n mynd.

Rŷn ni ar frig y Gynghrair ar hyn o bryd, bum pwynt ar y blaen i Bontypridd er eu bod nhw wedi chwarae un gêm yn llai na ni. Nifer o chwaraewyr ag angen egwyl i ddod dros anafiadau a'r gêm galed yn Bordeaux. Dim ond pump a ddechreuodd nos Fawrth sy'n dechre'r gêm heddiw. Dwi ddim wedi chwarae gêm gynghrair ers i ni chwarae Glynebwy yng nghanol mis Hydref a dwi ddim yn chwarae yn erbyn Casnewydd.

Ni chwaraeodd y bechgyn yn dda y prynhawn 'ma. Dim un cais a dim ond chwe gôl gosb gan Chris John i ddangos am eu hymdrechion. Ar ôl i Owain Thomas sgorio unig gais y gêm yn yr ail funud, roedd hi'n amlwg am fod yn brynhawn anodd i Gaerdydd. Cystadleuaeth gicio wedyn rhwng Chris John a Gareth Rees a dim gobaith 'da ni i ddal i fyny. Nid dyma'r math o rygbi fydd yn denu'r tyrfaoedd i dalu ar brynhawn dydd Sadwrn. Os mai dyma yw dyfodol rygbi, mae arna i ofn y gallai'r gêm farw.

Es i weld y ffilm newydd am 007, James Bond, *Goldeneye,* heno gyda Kate. Cyfle i ymlacio'n llwyr ac i anghofio am sgrym a sgarmes a phob agwedd arall ar rygbi.

Dydd Sul, 26ain o Dachwedd

'Nôl i ardal Porthcawl a Mynydd Cynffig am y dydd i oedfa fedyddio Jacob, mab ifanc un o'm ffrindiau mwya, Gareth Thomas. Dwi ddim yn berson crefyddol ac roeddwn i yn yr oedfa oherwydd fy nghyfeillgarwch â Gareth.

Ar ôl y dathlu, 'nôl i dŷ 'mrawd am brynhawn bach tawel gyda'r teulu. Yntau'n dangos ffor' mae'i gasgliad o bytiau mas o'r papurau'n dod mla'n. Fe alle fod yn genfigennus o'r sylw rwy wedi'i gael dros y misoedd diwetha ond na, mae e 'da'r cefnogwyr personol mwya sydd 'da fi. Ar ddiwedd 'y ngyrfa, mae e'n mynd i gyflwyno'r cyfan i fi ar ffurf llyfr. Er ein bod ni'n ffrindiau mawr, mae 'na dipyn o dynnu coes a finne'n ei alw ef a 'nhad yn *'Bil & Ben the Flowerpot Men'*! Y fi yw'r un sydd wedi symud i ffwrdd o'm milltir sgwâr ond mae'n braf i ddod 'nôl i'r ardal lle tyfais lan, ymhell o fwrlwm y Brifddinas.

Dydd Llun, 27ain o Dachwedd

Ymarfer ar gyfer y gêm nos fory yn erbyn Ulster. Pawb ychydig yn nerfus. I raddau'n teimlo'n bod ni wedi gwneud y gwaith anodd ac yna pawb yn cofio am y perfformiad diflas yn erbyn Casnewydd. Wedi'r cyfan, rŷn ni'n rhan o garfan sy'n tynnu i'r un cyfeiriad ac mae'r siom o golli ddydd Sadwrn wedi amharu ar ysbryd y tîm. Alex a'r hyfforddwyr eraill i gyd yn pwysleisio mai'r gêm nesa sy'n bwysig nawr. Pawb yn cydnabod eu bod nhw'n iawn, wrth gwrs, erbyn y diwedd a gwên lydan ar wynebau'r rhan fwyaf cyn i ni fynd adre; hyd yn oed ar wynebau'r rheini oedd yn gwybod nad oedden nhw wedi chwarae'n arbennig o dda ddydd Sadwrn.

Gyda llaw, i geisio lleddfu'r boen yn f'ysgwydd, rwy'n cael triniaeth nodwyddo, o bryd i'w gilydd. Does 'da fi ddim syniad ffor' ma'r peth yn gweithio, ond mae gweld nifer o binnau bach yn sticio mas ar hyd 'y mraich yn olygfa ryfedd. Os yw'r peth yn mynd i ddal i weithio, rwy'n fodlon diodde bod yn bincas!

Dydd Mawrth, 28ain o Dachwedd

Dyma i chi ddiwrnod *boring*! Ar wahân i recordio eitem deledu ar gyfer dysgwyr Cymraeg am ddeg y bore, gweddill y dydd i fi fy hunan i 'ymlacio' tan inni gwrdd am bump o'r gloch heno. Roedd hi'n hwyl gwneud y rhaglen ac mae'n rhaid i'r peth fy symbylu i fwrw ati i ddysgu Cymraeg. Mae Derwyn yn dal i fygwth eistedd arna i os na wnaf fwy o ymdrech! Mae'n ddigon hawdd ymlacio a gorffwys pan fo rhywun wedi blino. Peth hollol wahanol yw ceisio gwneud hynny ar ddiwrnod fel heddiw pan fo angen gorffwys ond bod y nerfau'n crynu a'r adrenalin yn llifo. O leia rwyf wedi cael cyfle i adolygu fy ngwers Gymraeg 'nôl yn y gwely!

Nos Fawrth, 28ain o Dachwedd
(Caerdydd 46-Ulster 6)

Noson hawdd yn y diwedd yn erbyn talaith gryfa Iwerddon dros y deng mlynedd diwetha. Chwe chais (Moore 2, Stephen John, Taylor, Adrian Davies a Hall) ynghyd â phum trosiad a dwy gôl gosb i Adrian yn golygu buddugoliaeth gyfforddus. Terry Holmes, cyn-fewnwr Caerdydd a Chymru, sy'n cymryd drosodd oddi wrth Alex fel prif hyfforddwr; rwy'n bles iawn. Y cyfan allwn ni wneud nawr yw aros i weld a fydd Bègles-Bordeaux yn gallu curo Ulster draw yn Iwerddon a sgorio mwy o bwyntiau na ni wrth wneud hynny. O gofio nad yw'r Ffrancwyr yn deithwyr arbennig o dda, rwy'n amau a oes rhaid inni ofidio.

Roedd pob agwedd o'n rygbi'n dda heno: gwthio grymus y pac yn creu cais cynta Andy Moore a rhedeg grymus yr olwyr yn creu cais Stephen John. Gwendid y Gwyddelod ar yr ochr dywyll yn rhoi cyfle i Hemi sgorio ac yna'u blinder cyffredinol nhw erbyn y diwedd yn rhoi cais hawdd i Mike Hall wrth iddo fod wrth ysgwydd y capten i gymryd y bêl a rhuthro drosodd am ein cais ola.

Nos Fercher, 29ain o Dachwedd

Swper heno mewn ysbyty bach yma yng Nghaerdydd ar gyfer pobl sy'n marw o gancr. Y cyfan yw'r adeilad, a dweud y gwir, yw tŷ wedi ei addasu ar gyfer anghenion y cleifion. Ar un lefel, roedd hi'n noson ddigon pleserus wrth weld pa mor hapus oedd pawb yno. Ar y llaw arall, doedd dim modd anghofio'r ffaith eu bod yno er mwyn cael rhywfaint o amser cyfforddus ar ddiwedd eu bywydau. Roedd y gweithwyr yn bobl wych hefyd ac rown i'n falch imi gael y gwahoddiad. Mae'r noson wedi peri imi feddwl am beth allai'r dyfodol fod i ni i gyd. Y cyfan y galla i ei wneud yw gobeithio bod ymweliad capten Cymru wedi rhoi ychydig o bleser i bawb yno.

Nos Iau, 30ain o Dachwedd

Ymarfer heno ar gyfer y gêm gynghrair yn erbyn Pen-y-bont ddydd Sadwrn. Cyfle i ddial ar un o'r ddau dîm sydd wedi'n curo'n ystod y tymor hwn. Dim gormod o waith corfforol heno'n dilyn y rhaglen galed o gêmau dros yr wythnosau diwetha. Siarad a threfnu symudiadau ar gyfer dydd Sadwrn. Pawb yn ben-derfynol ein bod ni'n mynd i roi crasfa go iawn i fois

Cae'r Bragdy!

Gyda llaw, cyhoeddwyd echnos mai Kevin Bowring fydd hyfforddwr newydd y tîm cenedlaethol. Wrth gwrs 'y mod i'n cefnogi'r apwyntiad. Bydd e'n dechre'n y swydd ychydig ddiwrnodau cyn y Nadolig ac mae'r apwyntiad tan ddiwedd Cwpan y Byd ym 1999. Un o'r pethe pwysig ynglŷn â Kevin yw nad yw e'n gysylltiedig ag unrhyw un clwb yng Nghymru. Gan iddo chwarae'r rhan fwya o'i rygbi dros Gymry Llundain a heb hyfforddi clwb 'nôl yma yng Nghymru, fydd 'na ddim temtasiwn iddo ddewis y bechgyn o'i glwb e'i hunan. Yr unig beth y galla i obeithio nawr yw y bydd e'n 'y newis i'n gapten am gyfnod reit hir. Amser a ddengys.

Nos Wener, 1af o Ragfyr

Un o'r cyfleon ola i dreulio awr fach dawel ar fy mhen fy hunan yng nghwmni Alex heno. Dyma'r math o beth fydda i'n ei golli pan fydd e wedi dychwelyd i Awstralia. Mae'n amhosib gorbwysleisio'r dylanwad mae Alex Evans wedi cael ar bob agwedd o'm rygbi ac mae awr fach fel heno o hyd yn rhoi hwb i'r galon. Fe fydda i'n colli'i onestrwydd. Os ydw i'n gwneud rhywbeth o'i le ar y cae neu wrth ymarfer, mae e'n ddigon parod i roi ei farn. Ond dyw e ddim yn gadael pethe'n yr awyr. Cyn i rywun gael amser i deimlo'n ddiflas am y peth, fe fydd e wedi rhoi'r ateb yn llawn: beth sydd angen ei wneud, a phryd i'w wneud e, er mwyn cywiro'r nam.

Dydd Sadwrn, 2ail o Ragfyr
(Caerdydd 18-Pen-y-bont 19)

Yr ail golled o'r bron ar ein tomen ein hunain. Canlyniad arall i'r rhaglen drom o gêmau yn ystod mis Tachwedd. Cais i'r canolwr, Gareth Jones, yn erbyn ei hen glwb, yn uchafbwynt a chais hefyd i'n mewnwr, Andrew Booth.

Crewyd cais gwych gan Dafydd James i gefnwr Pen-y-bont, Adrian Durston, a does dim amheuaeth nad yw James yn chwaraewr a chanddo ddyfodol disglair. Problem i Ben-y-bont, fodd bynnag, gan nad oes ganddyn nhw ddigon o chwaraewyr iach ar gyfer rheng flaen y sgrym. Wedi i'r bachwr, Ian Greenslade, adael y cae, roedd yn rhaid i'r sgrymiau fod yn ddi-gystadleuaeth. Mae hyn er diogelwch y chwaraewyr ond mae e'n gwneud dwli o'r sgrym.

Noson arbennig i'r clwb; ffarwelio ag Alex a'i wraig, Kay, wrth iddyn nhw ddychwelyd i'w cartre yn Awstralia. Sawl teyrnged yn cael ei dalu i'r ddau. Noson ryfeddol o emosiynol o gofio mai criw o chwaraewyr rygbi ŷn ni. Kay'n cyfadde y bydd hi'n ein colli ni hefyd, ei 'bechgyn hi'. Ydy, mae wedi bod yn fodryb, os nad yn fam, i ni dros y blynyddoedd diwetha ac fe fydd nifer o'r bechgyn yn ei cholli hithau lawn cymaint â cholli Alex.

Nos Lun, 4ydd o Ragfyr

Er mwyn rhoi mwy o amser i'r ysgwyddau wella, rhedeg yw'r unig ymarfer i fi heno. Cadw'n heini ac ystwytho'r cyhyrau'n gyffredinol. Os nad yw dyn yn ffit erbyn dechre mis Rhagfyr, yna fydd e byth yn ffit. Un neu ddau'n codi pwysau heno i gryfhau ambell ran o'r corff sy'n gwella ar ôl anaf. Mike Hall wrthi'n gydwybodol ac yn fwy siaradus nag arfer hefyd. Mae 'na lawer yng Nghymru'n methu deall neu'n camddeall cymeriad a phersonoliaeth Mike. Dyma, i fi, un o'r chwaraewyr cyfoes sy'n meddwl fwya am y gêm ac o hyd yn barod â'i anogaeth a'i gyngor. Y drafferth yw fod ambell aelod o'r Wasg yn ei chael hi'n anodd treiddio i'w feddwl e. Dyw Mike byth yn fodlon diodde ffyliaid ac mae hynny'n cyfri yn ei erbyn weithiau. Yn ffodus, dwi ddim wedi cael unrhyw drafferth i siarad ag e ac, yn bwysicach o lawer, i wrando arno fe. Heno, roedd e'n llawn hwyl athronyddol ac roedd e wrth ei fodd yn arwain y drafodaeth. Dyma'r math o achlysur sy'n creu ysbryd da o fewn y tîm ac o fewn y clwb ar gyfer y gornestau i ddod dros yr wythnosau nesa. Rwy'n teimlo imi gael cymaint mas o'r drafodaeth ag y byddwn wedi'i gael mas o sesiwn ymarfer ychwanegol.

Dydd Mawrth, 5ed o Ragfyr

Gwahoddiad i annerch cynhadledd o hyfforddwyr gwahanol gampau amser cinio. Y bwriad oedd trafod y dylanwadau pwysica ar 'y ngyrfa hyd yn hyn. 'Nhad, a fu'n bencampwr o focsiwr, ac Alex Evans yw'r ddau sydd wedi dylanwadu fwya arna i. Rhyfeddod oedd rhoi'r anerchiad ar y diwrnod pan fo Terry Holmes yn cymryd at yr awenau fel Prif Hyfforddwr Caerdydd. Mae parch mawr 'da fi ato fe ac mae e gyda'r cynta i gydnabod faint o help mae e wedi'i gael gan Alex, yn arbennig ers i ni glywed fod Alex yn ein gadael ni.

Dydd Gwener, 8fed o Ragfyr

Hemi a finne yn Aberystwyth i gynnal clinigau rygbi i blant yr ardal. Mae'n amlwg yn ddiwrnod mawr iddyn nhw gan eu bod nhw mor bell o'r canolfannau rygbi dosbarth cynta. Anodd credu fod rhai ohonyn nhw'n gweld cwrdd â chapten Cymru ac aelod arall o'r tîm bron fel gwyrth. Cyfle i ddweud wrth y plant mai 'na ffor' own i'n arfer teimlo pan own i'n grwt yn Ysgol Mynydd Cynffig.

Yr achlysur yn f'atgoffa pa mor fregus y gall gyrfa fod. Dyma fi, yn arwr i griw o blant sy'n credu fod fy safle fel bachwr Caerdydd a Chymru a chapten Cymru'n hollol ddiogel. Cofio fod Paul Young a, phan fydd e'n holliach, Huw Bevan, yn ysu am lenwi f'esgidiau yng nghlwb Caerdydd. Heb sôn am Garin Jenkins yn gwneud ei orau glas i gael ei le'n ôl yn y tîm cenedlaethol. Pan ddes i i Gaerdydd rown i'n credu fod Rayer a Hall yn cymryd yn ganiataol mai nhw oedd y dewis cynta'n eu safle bob dydd Sadwrn. Sylweddoli o dipyn i beth eu bod nhw'n dechre bob wythnos a phob sesiwn ymarfer fel petai nhw'n ceisio ennill eu lle am y tro cynta.

Un gorchwyl pleserus heno oedd rhoi un o'm crysau rhyngwladol i Alex i'w gadw. Mae'r achlysuron emosiynol yn pentyrru. Roedd e'n falch i dderbyn y crys yn atgof o'n hamser yng nghwmni'n gilydd. O'm rhan i, does 'na neb yn haeddu 'nghrys yn fwy nag Alex. Mae e wedi addo y bydd y crys wedi'i ddangos mewn lle amlwg yn ei gartre pan fydda i'n ". . . galw heibio Brisbane . . ." ar daith tîm Cymru fis Mehefin nesa. Pan fo Alex yn dweud rhywbeth fel'na, does wiw i chi ddadlau 'da fe! Ei agwedd e yw: "Os wyt ti am ddod i 'ngweld i yn Brisbane, yna fe fyddi di'n gwneud yn siŵr dy fod yn chwarae'n well nag unrhyw fachwr arall yng Nghymru i sicrhau dy le ar yr awyren fis Mai nesa!" Mae Alex yn cyfuno'i waith fel hyfforddwr â bod yn seicolegydd heb ei ail ar achlysuron fel hyn. Dyw'r crys ond yn cynrychioli darn bach o'r ddyled sy arna i iddo, dyled na fedra i fyth ei had-dalu.

Nos Sadwrn, 9fed o Ragfyr

Aeth Kate a finne i ddawns fawreddog heno. Roedd hi'n braf cael mynd ar nos Sadwrn heb gleisiau ar fy wyneb a heb fod yn gloff chwaith! Y broblem oedd fod 'da ni gêm yn erbyn Pontypridd yn y Gynghrair fory. Noson dawel a noson gynnar felly i wneud yn siŵr bod ein hymgyrch am y Bencampwriaeth yn parhau'n gryf.

Dydd Sul, 10fed o Ragfyr

Y cae ym Mhontypridd wedi rhewi ac felly gohiriwyd y gêm. Teithio'n ôl lawr y cwm i'r Brifddinas yn y car gyda Derwyn, Hemi ac Alex. Sylweddoli mai heddiw, wedi'r ffarwelio di-baid dros yr wythnosau diwetha yw Y DIWRNOD. Ie, mae Alex a Kay yn gadael Caerdydd am Awstralia fory. Nifer o wragedd a chariadon y chwaraewyr yn cwrdd â ni mewn bwyty 'nôl yng Nghaerdydd. Neb am fynd adre.

O dipyn i beth dechreuodd pobl fynd a'r ffarwelio'n tyfu'n fwy a mwy emosiynol. Hyd yn oed y gwragedd a'r cariadon yn gwrthod gollwng gafael ar freichiau Alex a Kay. Mae'n amlwg eu bod nhw'n gweld y ddau fel rhieni ychwanegol. Yn sicr, mae Alex wedi llwyddo i greu 'teulu' ymhlith y chwaraewyr. Mike Hall, Adrian Davies a finne oedd y tri ola. Ailadroddwyd y ffarwelio a'r ysgwyd dwylo drosodd a thro. Y dagrau'n cronni'n ein llygaid ni i gyd.

Dyma, wedi'r cyfan, y dyn ddewisodd fi yn gapten ar Gymru. Y dyn sydd â'r ffydd ynof i gyflawni'r gwaith. Y dyn sydd wedi 'ngosod ar bedestal i bawb gael y cyfle i 'nharo i lawr. Y dyn, hefyd, sy'n dal i bregethu wrthyf fod 'da fi'r gallu i wrthsefyll yr ergydion ac i fod yn rhan o'r broses o godi rygbi Cymru ar y llwyfan rhyngwladol i ogoniant y saithdegau a hyd yn oed yn uwch. Does dim rhyfedd fod y dagrau'n cronni.

I ychwanegu at ddiflastod y penwythnos, fe gurodd Castell-nedd Lyn Ebwy a sgorio dwsin o geisiau. Mae hyn yn golygu'u bod nhw o fewn pwynt i'n cyfanswm ni yn y Gynghrair ac mae hynny'n ychwanegu at ein siom o fethu chwarae heddiw. Yn ôl y sôn, un o sêr y gêm oedd y canolwr ifanc, Leigh Davies, ac mae hyfforddwyr Castell-nedd ac aelodau o'r Wasg yn dechre crybwyll ei enw fel un o'r to ifanc a allai dorri i mewn i'r garfan genedlaethol y tymor hwn.

Dydd Llun, 11eg o Ragfyr

Alex a Kay wedi mynd ac mae'n rhaid inni fynd mla'n i roi sylw i gêm Cymru yn erbyn yr Eidal fis nesa. Roedd rhaid ffugio'n bod ni am fwyta'r Eidalwyr. (Rwy'n credu bod y syniad yn un doniol ac fe welwyd posteri'n portreadu hyn, ynghyd â'r hysbyseb deledu, a'r papurau'n cynnwys yr hysbyseb dros yr wythnosau canlynol.)

Noson garolau Nadolig y clwb. Fe ddaeth Dad a 'mrawd draw i ychwanegu at y côr meibion. Er i'r noson fod yn llwyddiant, roedd fy meddwl i'n yr awyr rywle rhwng Heathrow a Brisbane. Noddwyd y noson gan dad Andy Moore, sy'n berchen ar gwmni adeiladu yng Nghaerffili, ac roedd pawb ohonon ni'n ddiolchgar iddo am ei haelioni. Mae'r math yma o noson gymdeithasol yn ychwanegu at yr ysbryd ymhlith y chwaraewyr ac o fewn y clwb yn gyffredinol. Mae Mr Moore yn mwynhau gêm o golff ac ae 'nhad am ei wahodd e lawr i'w glwb lleol e am rownd dros y Nadolig. Pwy a ŵyr, falle bydd 'na dwrnament rhwng y tadau a ni'r plant yn eu cefnogi nhw am unwaith?

Dydd Mercher, 13eg o Ragfyr

Gorfod diodde cyfres o brofion ffitrwydd o dan lygaid barcud rheolwr ffitrwydd newydd yr Undeb. O Western Province yn Ne Affrica mae Dave Clark yn dod ac mae e'n gaffaeliad i rygbi Cymru. Roedd e'n ddigon hapus â'm hymdrechion i, gan ychwanegu 'mod i gyda'r gore o'r garfan hyd yn hyn.

Mynd i barti Nadolig gweithwyr swyddfa'r clwb heno. Yno i ddangos ein gwerthfawrogiad o'r gwaith maen nhw'n ei wneud yn y cefndir heb sylw'r cyhoedd a fawr ddim o glod fel arfer. Ond heb eu cyfraniad nhw, fyddai'r clwb ddim yn rhedeg mor hwylus.

Roeddwn i yno gan 'y mod inne'n weithiwr gyda'r clwb, yn Swyddog Datblygu, ynghyd â bod yn chwaraewr. Dyma'r achlysur cymdeithasol ola'n y swydd gan y bydda i'n symud i swydd debyg gyda'r Undeb ar Ionawr 1af.

Nos Iau, 14eg o Ragfyr

Ymarfer ysgafn heno gan na fydda i'n chwarae'n y gêm Cwpan yn erbyn Glynderwen/Oakdale ddydd Sadwrn. Y gwaith i gyd yn anelu at y gêm ac felly noson reit ddiflas i'r rheiny ohonon ni na fydd yn chwarae. Fy nhro i oedd hi heno i redeg o gwmpas i ddod â pheli'n ôl a ffugio o bryd i'w gilydd 'y mod i'n wrthwynebwr. Erbyn y diwedd, roedd pawb i weld ar ben eu digon, yn ysu am ddydd Sadwrn a phob darn o gynllunio'r tîm hyfforddi'n syrthio'n daclus i'w briod le. Dwi ddim yn gweld unrhyw berygl y gallwn ni syrthio'r tro 'ma fel y gwnaethon ni rai blynyddoedd yn ôl yn erbyn clwb St Peters.

Dydd Gwener, 15fed o Ragfyr

Bore'n cyflwyno tystysgrifau i blant Ysgol Uwchradd Glan Elai ar gyrion y Brifddinas. Gorchwyl digon pleserus, yn arbennig o gofio mai dyma un o faestrefi llyma Caerdydd. Roedd pawb wrth eu bodd i 'ngweld i ac fe dreuliais i oesoedd yn llofnodi pob math o bethe o ddarnau o bapur, llyfrau llofnodion, rhaglenni a hyd yn oed ambell gefn llaw! Y prynhawn yn rhydd i ymlacio ar ôl yr holl sgrifennu. Mae 'mysedd yn dal i wynio am wyth o'r gloch y nos!

Dydd Sadwrn, 16eg o Ragfyr
(Caerdydd 26-Glynderwen/Oakdale 7)

Gêm hynod o siomedig er i ni ennill yn ddigon cyfforddus yn y diwedd. Y cynllunio'n cael ei anghofio yng ngwres y frwydr i raddau. Mark Ring yn chwarae fel maswr ac er ei fod e wedi chwarae'n y safle'n llwyddiannus yn y gorffennol, rwy'n argyhoeddiedig mai canolwr yw e wrth reddf. Y tîm cyfan yn colli Adrian gan ei fod e wedi datblygu i fod yn chwaraewr sy'n trefnu pawb o'i gwmpas yn well na neb arall yn y clwb ar hyn o bryd.

Aeth Kate a finne draw at fy rhieni am swper heno. Mam am fwydo'i bachgen bach a finne wrth 'y modd yn cael fy sbwylio!

Dydd Sul, 17eg o Ragfyr

Awr yn y gampfa yn codi pwysau. Canolbwyntio ar gryfhau'r ysgwyddau i geisio osgoi rhagor o anafiadau. Cyfnod gwyliau'r Nadolig yn amser peryglus wrth geisio cadw'r cydbwysedd rhwng bwyta a chadw'n ffit, yn arbennig o gofio fod y gystadleuaeth i glybiau Ewrop yn dwyn ein sylw eto wedi i Bègles fethu â'n cadw mas o'r rownd gynderfynol. Taith i Ddulyn ar y gweill nawr ar y 30ain i chwarae yn erbyn Leinster am yr hawl i chwarae'n y ffeinal 'nôl yma yng Nghaerdydd ar y Maes Cenedlaethol ar ddydd Sul y 7fed o Ionawr.

Dydd Llun, 18fed o Ragfyr

Sesiwn ymarfer i garfan Cymru o dan ofal Dave Clark yn parhau am bron ddwyawr. Pob un ohonon ni'n gorfod gweithio'n galed a'i lygaid barcud e'n chwilio am ein cryfderau a'n gwendidau. I orffen y peth, roedd yn rhaid i ni redeg wyth 'ras' o ddau can metr. Rwy'n gosod y gair mewn dyfynodau gan mai ras yn erbyn y cloc oedd hi bob tro. Pawb, fodd bynnag, yn edrych o gwmpas i weld ffor' oedd pawb arall yn gwneud!

Stori wedi ymddangos yn un o bapurau'r Sul yn honni nad yw Kevin Bowring wedi penderfynu pwy fydd capten Cymru o dan ei oruchwyliaeth e. Ydw, rwy'n gofidio am hynny achos fe fyddai'n chwithig pe bai e'n dewis rhywun arall. Yn ôl y sôn, mae e'n bwriadu dewis ei gapten nawr tan ddiwedd Cwpan y Byd ym 1999.

Er mai dim ond dwywaith rwy wedi bod yn gapten Cymru ar y cae, rwyf wedi cyfarwyddo â'r swydd nawr. O'r hyn rwyf wedi'i weld o Kevin Bowring, rwy'n amau'n fawr a fyddai'n gwneud unrhyw fath o ddatganiad, hyd yn oed yn breifat, ynglŷn â chapteniaeth y tîm heb gael gair 'da fi. Dyna'r math o ddyn yw e. Rhywun sy'n dweud ei farn yn uniongyrchol.

Dydd Mawrth, 19eg o Ragfyr

Ymarfer gyda Chaerdydd heno. Sesiwn galed arall, yn cynnwys rhedeg 16 'ras' o 150 metr. Ychydig o amrywiaeth ar neithiwr ond yr holl beth yn gwneud byd o ddaioni i bawb ar drothwy'r Nadolig. Holmes a'i griw'n atgoffa pawb fod 'da ni gêm galed yn erbyn Castell-nedd ddydd Sadwrn. Pawb yn sylweddoli y bydd llygaid Ewrop arnon ni dros y bythefnos nesa. Dros y blynyddoedd diwetha, mae nerth a ffitrwydd chwaraewyr o wledydd eraill wedi trechu'n gallu cynhenid ni'n gyson ac mae'n rhaid inni weithio'n ddyfal i gyfuno mwy o ffitrwydd 'da'n sgiliau traddodiadol.

Dydd Iau, 21ain o Ragfyr

Cyfarfod 'da 'nghyfrifydd ynglŷn ag enillion ariannol hanner cynta'r tymor. Rhywbeth arall sy'n dangos ffor' ma'r gêm agored wedi newid pethe. Dwi ddim wedi bod angen defnyddio cyfrifydd erioed o'r blaen. Nawr, fodd bynnag, o gofio fod 'na enillion yn dod o wahanol gyfeiriadau, does dim modd cadw trefn ar bethe heb gymorth rhywun proffesiynol. Ac wrth gwrs, bydd rhaid talu'i fil e'n y pen draw!

Ymarfer 'da'r clwb heno yn siomedig i raddau. Lyndon Mustoe a Derwyn yn methu cymryd rhan oherwydd anafiadau ond mae'n debyg y bydd y ddau'n holliach ar gyfer dydd Sadwrn. Roedd agwedd un neu ddau heno'n 'y niflasu'n llwyr. Mae fel petai nhw ar wyliau'r Nadolig. Mae'n rhaid derbyn nawr mai gêm broffesiynol yw rygbi. Oedd, roedd 'na amser pan oedd gêmau'r Nadolig a'r Pasg yn bethe ysgafn i ddifyrru'r dorf. Dim mwyach! Pwyntiau cynghrair ac ennill cwpanau a thlysau yw'r cyfan o hyn mla'n. A does dim lle yn y gêm i neb gymryd pethe'n rhy ysgafn.

Dydd Gwener, 22ain o Ragfyr

Trafodaeth dros ginio gydag Ieuan Evans a Justin Thomas ynglŷn â'r cytundebau mae'r Undeb yn eu cynnig i'r chwaraewyr yn y garfan ryngwladol. Profiad Ieuan yn werthfawr yn y math yma o beth ac mae'n dda cael rhywun mor ifanc â Justin, fwy neu lai yn syth o'r coleg, i gyfrannu at y drafodaeth. Mae'r Wasg, wrth gwrs, wedi cario storïau di-rif am 'drafodaethau' rhwng y chwaraewyr a'r Undeb. Gan amla, fodd bynnag, dỳn nhw ddim wedi bod yn agos at y marc nac at ddyddiadau'r trafod.

Er imi gyfadde'n barod pa mor nerfus rwy'n teimlo cyn chwarae dros Gymru a chyn y gêmau yn Ewrop, erbyn hyn dwi ddim, fel arfer, yn nerfus cyn gêm gynghrair. Ond mae heno'n wahanol ac rwy'n credu y bydd hi'n anodd i mi syrthio i gysgu. Castell-nedd yn cael tymor arbennig o dda ac, fel arfer, yn bygwth pawb arall.

Dydd Sadwrn, 23ain o Ragfyr
(Caerdydd 28-Castell-nedd 8)

Perfformiad gwych gan bawb i'm rhyfeddu ar ôl yr ymarfer nos Iau. Falle 'mod i wedi camddeall pethe. Falle bod y bechgyn angen ychydig o ysgafnder cyn rhoi'r fath grasfa i Gastell-nedd. Perfformiad llawn cystal ag yn erbyn Bègles ac yn erbyn Ulster. Y math o ddiwrnod sy'n dod â'r gore mas o dîm Caerdydd. Castell-nedd, y dre fach yn y gorllewin, yn dod i herio bois y brifddinas. Wel, heno o leia, Caerdydd sydd ar y blaen ac roedd y fuddugoliaeth hon yn sicrhau'n lle ar frig y tabl dros y Nadolig wrth inni wneud yn sicr na chipiodd Castell-nedd yr un pwynt bonws. Tri chais yn sicrhau un pwynt bonws i ni ond bu bron i Simon Hill, Steve Ford a Mike Rayer sgorio cais yr un a fyddai wedi sicrhau pwynt ychwanegol.

Andy Moore yn chware rhan allweddol ym mhob un o'r tri chais, gan sgorio'r ail ei hunan. Adrian yn sgorio'r cynta ac yn cyfrannu deunaw o bwyntiau. Ond y cais ola oedd y gore a'r pwysica'n y diwedd gan i Owain Williams, mla'n fel eilydd yn lle Vince Davies, ei sgorio'n y munud ola i sicrhau'r pwynt bonws.

Dydd Nadolig

Diwrnod tawel gyda'r teulu a chyfle i gwrdd â hen ffrindiau yn ardal Porthcawl am wydriad BACH neu ddau. Llawer yn dal i fyw'n y cylch o hyd ond un neu ddau'n ôl o bell. Gweld sawl un am y tro cynta ers imi chwarae 'ngêm gynta dros Gymru. Y llongyfarch yn hollol ddiffuant a phawb yn ymfalchïo yn fy llwyddiant. Diolch byth am hynny achos rown i'n gofidio y byddai ambell un yn 'y ngweld fel rhywbeth estron nawr. Na, pawb yn 'y nghofio fel yr un person yn union. Pleser oedd eu gweld nhw i gyd a gobeithio y caf gyfle arall cyn hir.

Dydd Gŵyl San Steffan

Roedd hi'n arferiad i chwarae gêm gyfeillgar yn erbyn Pontypridd ar Ŵyl San Steffan, ond, na, dim ond prynhawn o ymarfer oedd o'n bla'n heddiw. Doedd neb yn absennol; neb wedi ildio i'r temtasiwn o fwy o dwrci!

Pawb yn sylweddoli mai dyma'r math o aberth sy'n rhaid ei wneud os ŷn ni am fod yn glwb gorau Ewrop. Ymhen tridiau fe fyddwn ni'n hedfan i Ddulyn i chwarae Leinster. Leinster, mae'n debyg, wedi ennill deg gêm o'r bron ac wedi curo Ulster 31-3 ddydd Sadwrn diwetha.

Dydd Iau, 28ain o Ragfyr

Ymarfer symudiadau ar gyfer dydd Sadwrn. Pawb yn ysu am wneud pethe'n dda. Y math o sesiwn rwy'n ei fwynhau.

Un diffyg oedd fod y caeau wedi rhewi a bu'n rhaid ymarfer ar yr *Astroturf*. Hynny'n golygu nad oedd modd ymarfer sgrymio na chynnal sgarmesau. A dweud y gwir, roedd y Maes Cenedlaethol yn iawn ond doedd yr Undeb ddim yn fodlon i ni ymarfer arno. Rown i'n siomedig iawn am hyn achos mae'n amlwg fod cystadlu yn Ewrop yn mynd i dyfu'n fwy a mwy pwysig dros y blynyddoedd nesa. Mae'n bwysig ein bod ni'n cyrraedd y ffeinal ar y 7fed o Ionawr ac fe fyddai cyfle i ymarfer ar y Maes wedi bod o help mewn dwy ffordd: yn gynta, fe fyddai wedi rhoi'r rhyddid i ni redeg trwy bob agwedd o'n gêm ar gae sydd mewn cyflwr tebyg i'r hyn y gallwn ei ddisgwyl ddydd Sadwrn ac yn ail, fe fyddai cael ein hamgylchynu gan eisteddleoedd anferth yn ein paratoi ni ar gyfer chwarae yn Lansdowne Road.

Mae'n mynd i fod yn anodd arnon ni yn Nulyn ac, yn ôl beth rwy wedi'i glywed am Toulouse, mae'n mynd i fod yn anos fyth i Abertawe draw yn Ne-orllewin Ffrainc yn y gêm arall yn y rownd gynderfynol.

Dydd Gwener, 29ain o Ragfyr

Ymarfer am ryw awr y bore 'ma. Swyddogion Undeb Rygbi Iwerddon wedi cynnal arolwg o'r maes yn Lansdowne Road a phenderfynu'i fod e'n iawn ar gyfer y gêm. Dim ond ar ôl clywed hynny y gadawon ni Gymru am ddau o'r gloch y prynhawn. Mae'n debyg y bydd 'na archwiliad arall bore fory.

Aros yng Ngwesty'r Burlington yn agos i Lansdowne Road. Y dderbynfa a'r lolfeydd yn brysur iawn. Llawer o bobl yn dal i fwynhau'u gwyliau Nadolig ar gyrion y Brifddinas Wyddelig. Merched yn eu gwisgoedd lliwgar ar eu ffordd i ambell barti'n denu sylw rhai o'n bechgyn ni ond neb yn anghofio'n bod ni draw 'ma i ennill gêm o rygbi fory. Neb yn cael ei demtio gan ddim byd gwaeth na noson dawel o flaen teledu'r stafell!

Bore Dydd Sadwrn, 30ain o Ragfyr

Ydy, mae'r gêm yn mynd mla'n. Mae'n arllwys y glaw tu fas, mae'n ddychrynllyd o oer ac rwy'n siŵr fod y ffliw arna i, Andrew Lewis a Hemi Taylor. Y cyfan sydd raid i'r tri ohonon ni'i wneud nawr, fodd bynnag, yw anghofio am y peth a chwarae trwyddo'r prynhawn 'ma. Os bydd rhaid, fe af i 'ngwely fory i geisio gwella.

Dwi ddim wedi dod mor bell â hyn jyst i aros yn 'y ngwely! Byddwn, fe fyddwn ni'n ennill. Does dim amheuaeth ym meddwl yr un aelod o'r garfan wrth baratoi i adael y gwesty i fynd draw i Lansdowne Road.

Prynhawn dydd Sadwrn, 30ain o Ragfyr
(Leinster 14-Caerdydd 23)

Do, er gwaetha'r gwynt cryf a'r glaw trwm (heb anghofio'r ffliw!) fe guron ni Leinster. Dyma, heb os, un o'r ymdrechion gore gan dîm yn cynrychioli Caerdydd ers i fi ymuno â'r clwb. Cyfuniad o ymosod celfydd pan gawson ni'r cyfle ac amddiffyn grymus gan bob aelod o'r tîm pan oedd angen. Mae'n braf cael torri cwys newydd a chrwydro o rigol blwyfol rygbi Cymru. Mae'r rhan fwyaf o'r chwaraewyr wedi elwa o chwarae yn Ffrainc ac Iwerddon gan godi'n safon mewn modd nad yw'n digwydd pan fyddwn ni'n chwarae'n erbyn yr un hen wrthwynebwyr drosodd a thro.

Rhediad gwych gan y 'tarw', Emyr Lewis, yn creu cais i Hemi ac yna Mike Hall yn canfod bwlch cul ar ochr dywyll y sgrym a'i nerth yn ei gario dros y llinell gais wrth i'r amddiffyn oedi. Doeddwn i byth yn meddwl ar ôl y chwarter awr cynta y bydden ni'n colli am i'n hamddiffyn gau pob bwlch bron cyn iddo ymddangos. Roedden ni wedi sgorio 17 pwynt cyn i gapten Leinster, y blaenasgellwr Pim, sgorio'u hunig gais ac roedd hynny'n rhy hwyr o lawer. Pan giciodd Andy Moore gôl adlam (i ychwanegu at un gan Adrian ynghynt) i gau'r drws yn glep ar y Gwyddelod, edrychais o gwmpas ar wynebau'n bechgyn ni ac roedd hi'n amwlg eu bod nhw i gyd yn sylweddoli y bydden ni yn ffeinal cynta cystadleuaeth clybiau Ewrop ddydd Sul nesa.

Siomedig i glywed bod Abertawe wedi colli'n drwm o 30-3 i Toulouse. Y siom fwya o sylweddoli na fydd y Maes Cenedlaethol mor llawn â phetai dau glwb o Gymru'n cystadlu'n y ffeinal.

Dydd Sul, 31ain o Ragfyr a Dydd Calan

Dau ddiwrnod o ddod dros y gêm yn Nulyn a'r dathlu wedi'n llwyddiant. Oedd, roedd hi'n noson fawr nos Sadwrn ond rhaid troi'n meddyliau at Toulouse a gweithio mas ffor' i'w curo nhw. Yn ôl yr hyn rŷn ni wedi'i weld ar fideo, y camgymeriad mawr yn chware Abertawe oedd nad oedden nhw wedi rhoi digon o bwysau ar ymosodwyr Toulouse. Ydy, mae'n hawdd trafod y peth mewn stafell glyd ac rwy'n sylweddoli y bydd pethe'n hollol wahanol ddydd Sul, ond y trafod mawr ymhlith ein bechgyn ni yw yr angen i gadw'n agos at y llinell fantais pan fydd y bêl yn eu meddiant.

Mas am swper gyda Kate ar ein pen ein hunain i ddathlu'r flwyddyn newydd. Penderfynu'i bod hi'n achlysur pwysig ac felly mynd i rywle drud lle mae'r bwyd yn dda. Finne'n bwydo 'nghyhyrau fel y boi . . . wel dyna'r esgus sy 'da fi o hyd am fwyta'n dda. Kate braidd yn cyffwrdd ei phryd hithau. Talu ddwywaith am un pryd – fel arfer!

Dydd Mawrth, 2ail o Ionawr

Dechre'n y swydd newydd fel swyddog datblygu gydag Undeb Rygbi Cymru. Mae'r swydd, i raddau, yn debyg i'r hyn rown i'n gneud gyda Chaerdydd ond ar raddfa genedlaethol. Eithriad oedd y daith i fyny i Aberystwyth rai wythnosau'n ôl, ond nawr fe fydd 'na fwy o gyfle i deithio ledled Cymru'n ymweld ag ysgolion. Ynghyd â chyflog am gynrychioli'r Undeb mewn gwahanol ffyrdd, mae 'na addewid y bydda i'n cael hyfforddiant mewn delio â'r cyfryngau torfol a chymorth wrth baratoi ar gyfer dilyn gyrfa ar ôl fy nyddiau chwarae. Fe ddylai'r misoedd nesa, felly, fod yn dra gwahanol ac yn ddiddorol iawn.

Rhan o'r cytundeb yw y bydd yr amserlen waith yn cael ei chreu o gwmpas ein hanghenion ymarfer personol ni ac o gwmpas anghenion hyfforddi'r clwb a'r garfan genedlaethol. Wrth gwrs, os daw 'na ambell wahoddiad i chware mewn tîm gwadd fel y Barbariaid, yna, os na fydd hynny'n amharu ar ddigwyddiad pwysig yn amserlen Cymru neu Gaerdydd fe gawn ei dderbyn. Ynghyd â'r ymarfer trwy godi pwysau neu fod allan ar y cae gyda charfan Caerdydd neu Gymru, mae'r cyfle i dreulio peth amser gyda chriw o blant ysgol o bryd i'w gilydd yn helpu'r gêm i ffynnu ledled y wlad. Mae ymarfer gydag aelod o dîm Cymru yn rhywbeth na fydd y plant fyth yn ei anghofio ac rwy'n argyhoeddiedig fod rhaid gwneud mwy o hynny er mwyn cadw diddordeb ieuenctid yn y gêm.

Cyfarfod gydag Ieuan Evans, Geoff Evans a Russell Jenkins ynglŷn â chytundebau i'r chwaraewyr yn y garfan genedlaethol. Roedd yr Undeb wedi gofyn i ni arwyddo cytundeb heb unrhyw sôn ynddo am gyflog sylfaenol. Ond fe eisteddodd Ieuan, Justin Thomas, John Davies a finne lawr i gynllunio cymalau gwahanol er mwyn sicrhau un neu ddau beth rŷn ni'n teimlo sy'n hanfodol i sicrhau'n iawnderau ni. Roedd Ieuan a fi yn y cyfarfod 'ma felly i roi'n safbwynt i Geoff a Russell, dau o swyddogion yr Undeb sydd wedi'u dirprwyo i gael cytundeb ffurfiol rhwng yr Undeb a'r chwaraewyr.

Rown i'n teimlo'u bod nhw'n gweld ein safbwynt ni ac roedden nhw'n barod i fynd â'n cynigion ni'n ôl at y pwyllgor sy'n trafod y cwestiwn. Rŷn ni'n gofyn am leiafswm hynod o resymol i bob chwaraewr a chynllun bonws fyddai'n sicrhau o leia £25,000 yr un os bydden ni'n curo pob un o'r gwledydd eraill ym Mhencampwriaeth y Pum Gwlad. Mae pethe'n symud mla'n yn ddigon boddhaol ond dyw'r busnes yma ddim yn rhywbeth sy'n mynd i ddenu fy sylw'n ormodol.

Ymarfer cymharol ysgafn heno. Cyfle i redeg dros symudiadau er mwyn ceisio'u gwneud yn rhan reddfol o'n chwarae. Hynny'n golygu bod pawb yn gorfod gweithio'n ddigon caled i wneud y noson yn un werthfawr ond eto heb i neb fod mewn gormod o berygl o ddiodde damwain mor agos at y gêm fawr.

Mae 'na lawer o gêmau mawr yn hanes Clwb Rygbi

Caerdydd ond, er gwaetha'r llwyddiant yng Nghwpan Cymru, y Gynghrair y llynedd ac yn erbyn timau o dramor fel Seland Newydd ym 1953, rwy'n credu fod y rhan fwya'n cydnabod mai gêm ddydd Sul fydd y bwysica yn hanes y Clwb hyd yma.

Dydd Sadwrn, 6ed o Ionawr

Aros yn 'y ngwely tan un ar ddeg y bore. Rhyfeddod yw cael diwrnod mor dawel ar ddydd Sadwrn. Fel arfer rwy'n gorfod paratoi i chwarae neu i fod yn eilydd. Ymarfer am dri o'r gloch heddiw, fodd bynnag, tra bydd y clybiau eraill yn chwarae gêm. Lladd amser tan hynny ac yna mynd i aros dros nos yng Ngwesty'r Marriott yng nghanol y Brifddinas. Rŷn ni, erbyn hyn, wedi gwylio sawl tâp fideo o Toulouse yn chwarae ac, a dweud y gwir, dwi ddim wedi gweld llawer sy'n peri mwy o ofn na'r timoedd eraill sy wedi'n gwrthwynebu eleni. Ydyn, ma' nhw'n dîm da; wrth gwrs eu bod nhw a dyw fory ddim yn mynd i fod yn hawdd ond rwy'n gobeithio y gallwn ni lwyddo . . .

Yn y diwedd penderfynu y bydda i'n cysgu'n well yn 'y ngwely fy hunan. Dim ond ychydig funudau o'r gwesty i 'nghartre ac felly, pan oedd pawb ar eu ffordd i'r gwely, 'nôl â fi i 'nghartre bach clyd yn Nhreganna. Rhaid bod 'nôl yn y gwesty erbyn 9.30 fory i fwyta brecwast!

Bore dydd Sul, 7fed o Ionawr

Do, fe gysgais i'n well yn 'y ngwely fy hunan nag y byddwn wedi cysgu'n y gwesty'n rhannu stafell. Er gwaetha'r nerfusrwydd, ches i fawr o drafferth i gysgu ac fe ges i ryw wyth awr o gwsg.

Brecwast ysgafn o rawnfwyd a thafell neu ddwy o dost a digon o de i'w olchi lawr. Dysgais wers beth amser 'nôl am fwyta brecwast yn cynnwys wy, heb sôn am gig moch a phethe tebyg. Ga i ddweud i'm stumog wrthod rhoi croeso i'r fath frecwast ar fore gêm fawr!

Stafell yn y gwesty wedi'i neilltuo i Jane Parker, ffisiotherapydd y clwb er mwyn iddi gael y bore i rwymo'r holl anafiadau y mae un ar hugain o chwaraewyr rygbi'n eu cario erbyn mis Ionawr. Fel bachwr, mae 'nghoesau'n cael amser caled ohoni yn y sgrymiau a'r sgarmesau ac felly rwy'n cael fy nghyfran o rwymynnau ar 'y nghoesau a 'migyrnau. Pawb am gael rhywfaint o dylino ag eli i gynhesu'r cyhyrau hefyd. Wedyn, tua hanner awr wedi un ar ddeg, y garfan a'r hyfforddwyr yn ymgynnull i gael ein trafodaeth ola cyn mynd draw i'r Maes Cenedlaethol. Terry Holmes a'i gyd-hyfforddwyr, Ian Bremner, Charlie Faulkner ac Alun Donovan, yn atgoffa pawb am eu dyletswyddau a'u dyledion i'w cyd-chwaraewyr. Doedd dim angen i neb grybwyll enw Alex Evans. Rwy'n siŵr bod ei enw ar flaen meddyliau pawb yn y stafell.

Prynhawn dydd Sul, 7fed o Ionawr
(Caerdydd 18-Toulouse 21)

Toulouse yn taro ddwywaith o fewn naw munud â chais yr un i'r canolwr, Castaignède, a'r mewnwr, Cazalbou. Troswyd un ohonynt a 'na ni ddeuddeg pwynt ar ei hôl hi bron cyn i'r gêm ddechre. Neb yn llwyddo i sgorio cais arall trwy gydol y gêm a phawb yn dueddol i gredu i'n pac ni'u trechu nhw'n y pen draw yn y chwarae tyn.

Daeth eu tîm nhw i Gaerdydd i greu sioc yn y munudau cynta ac fe lwyddon nhw; gwers werthfawr arall i ni'i dysgu wrth ennill profiad yn Ewrop. Byddwn wrth 'y modd petawn i'n gallu anghofio am y deng munud cynta ond mae'n rhaid cofio bod gêm o rygbi'n parhau am 80 o funudau . . . neu, yn achos heddiw, dros 110 o funudau gan i ni orfod chwarae amser ychwanegol am fod y sgôr yn gyfartal (15-15) ar ddiwedd amser llawn.

Adrian Davies yn cicio'n pwyntiau ni i gyd a gorfodi'r Ffrancwyr i chwarae'r amser ychwanegol wrth iddo lwyddo â'i bumed gôl gosb yn ystod amser anafiadau. Er i Deylaud gicio gôl gosb yn gynnar wedyn, fe ddaeth Adrian â'r sgor yn gyfartal unwaith eto â'i chweched gôl gosb yntau. Rwy'n amau a oedd neb yn y dorf yn credu, wrth i ni gyrraedd munud ola'r gêm, na fyddai'r canlyniad yn gêm gyfartal. Yna'r dyfarnwr, David McHugh o Iwerddon, yn cosbi Andrew Lewis am ryw drosedd yn ystod sgarmes yn agos at byst y Ffrancwyr. Deylaud yn cicio'i driphwynt i ennill y gêm i Toulouse a 'na ddiwedd ar ein breuddwyd o gael bod yn bencampwyr cynta Ewrop.

Emile N'Tamack, capten Toulouse, yn casglu Tlws Heineken o ddwylo Tom Kiernan, cyn-gefnwr Iwerddon a chadeirydd pwyllgor trefnu'r gystadleuaeth. Siom fawr nad Hemi Taylor oedd yn dangos y Tlws i'n cefnogwyr ond roedd 'na rai cannoedd o gefnogwyr Toulouse wedi dod i Gaerdydd i fwynhau'r achlysur. Gobeithio y caiff ein cefnogwyr ni gyfle tebyg i ddathlu cyn hir.

Er nad oedd 'da ni fawr o ddim rheswm dros ddathlu wedi i ni ddod mor agos ac eto mor bell, aeth ein parti yn y Marriott mla'n yn hwyr. Roedden ni i gyd yn teimlo rhyddhad o fod wedi cyrraedd a chwarae'n y ffeinal. Roedd hi'n siom enfawr i golli, ond roedd swyddogion y clwb a'r hyfforddwyr yn cydnabod ei bod hi'n amser addas i'n gadael i ymlacio am un noson ar ddiwedd y fath ymdrech. Dwi ddim am feddwl siwd y bydda i'n teimlo fory.

Dydd Llun, 8fed o Ionawr

Wedi blino'n lân. Carfan Cymru'n cwrdd i baratoi ar gyfer y gêm yn erbyn yr Eidal wythnos nesa. Neb o fechgyn Caerdydd yn gallu cymryd rhan. Corff neb ohonon ni'n ddigon ystwyth i redeg na sgrymio.

Y peth mawr o'm rhan i'n bersonol yw fod yr holl aros drosodd. Kevin Bowring wedi cyhoeddi i'r garfan mai fi yw capten Cymru ar gyfer y gêm yn erbyn yr Eidal. Pum chwaraewr yn ennill eu cap cynta dros Gymru: Matthew Wintle, Leigh Davies ac Arwel

Thomas ymhlith yr olwyr a Gwyn Jones a'm cyfaill i o Gaerdydd, Andrew Lewis. Cyfrifoldeb aruthrol yn cael ei osod ar ysgwyddau'r olwyr ifanc a Gwyn, sy'n flaenasgellwr hynod o gyflym o gwmpas y maes. Mae'n amlwg, yn ôl y tîm mae Kevin a'i gyd-hyfforddwr, Alan Lewis, wedi'i ddewis, mai'r bwriad yw y byddwn ni'n chwarae rygbi agored, yn lledaenu'r bêl a cheisio difyrru'r dorf wrth chwarae i ennill hefyd.

Dydd Mawrth, 9fed o Ionawr

Y sŵn rhyfedda wrth y drws yn 'y neffro'r bore 'ma tra oedd hi'n dal yn dywyll. Traed trwm i fyny'r grisiau i mewn i stafell y lojar, Derwyn Jones, y cawr o Bontarddulais. Rown i ar fin troi drosodd a mynd 'nôl i gysgu pan agorwyd drws f'ystafell inne 'fyd gan rywun llawn mor swnllyd.

Hyd at chwe miliwn o bobl yn 'y ngweld i yn 'y ngwely! Boi camera o'r sioe deledu y *Big Breakfast* â'i lygad seiclopaidd yn edrych lan 'y nhrwyn. Tipyn o hwyl yn y diwedd wrth i ni orfod coginio bwyd Eidalaidd. Roedden nhw'n dilyn y stori amdanon ni, chwaraewyr rygbi Cymru, yn 'bwyta' yr Eidalwyr wythnos nesa. Mwy o gyhoeddusrwydd i'r gêm honno, wrth gwrs, a gobeithio y bydd 'na dorf dda i'n cefnogi ni.

I seremoni wobrwyo Personoliaeth Chwaraeon Cymru yn Neuadd Dewi Sant gyda'r hwyr. Achlysur gwych yn rhoi cyfle i weld rhai o gewri Cymru dros y blynyddoedd diwetha. Alan Wilkins yn 'y nghyf-weld am funud neu ddau. Profiad rhyfedd oedd hynny, o gofio fod arwyr fel Ian Rush yn y gynulleidfa. Wedi cyfarwyddo â gweld Rush a'i gyd-bêldroediwr, Neville Southall, ar y teledu pan own i'n grwt ifanc ym Mhorthcawl. Braf oedd gweld Southall, fellu, yn cael ei ethol yn brif Bersonoliaeth Chwaraeon Cymru am 1995 a neb yn y gynulleidfa'n anghytuno â'r dewis.

Cyhoeddwyd y tîm i wynebu'r Eidal heddiw a chyfle i'r ffotograffwyr ar y Maes Cenedlaethol. Y pum cap newydd yn wên o glust i glust wrth gwrs ond llygaid direidus Arwel Thomas fydd yn denu sylw pawb fory.

Dydd Mercher, 10fed o Ionawr

Ymarfer gyda'r garfan genedlaethol. Canolbwyntio am gyfnod hir ar amddiffyn. Bydd hynny'n rhyfeddu llawer o'n cefnogwyr ond falle bydd rhai yn sylweddoli pa mor anodd y bydd hi nos Fawrth nesa o gofio i'r Eidal guro Tîm 'A' yr Alban ddydd Sadwrn diwetha. Y sylwebyddion yn ddieithriad yn honni mai dyma'r tîm fydd yn cynrychioli'r Alban ym Mhencampwriaeth y Pum Gwlad ac felly roedd y sgôr o 29-17 i'r Eidal yn dangos fod 'na orchwyl go anodd o'n bla'n ni.

Wedi dweud hynny, mae'r to ifanc o chwaraewyr yn hyderus yn eu gallu ac mae Leigh Davies yn datblygu'n chwaraewr dawnus a chryf. Dim ond gobeithio y gallwn ni'r blaenwyr ennill digon o'r bêl yn gyson i fwydo'r bechgyn athrylithgar 'ma. Ymhlith y blaenwyr, gyda llaw, mae Emyr Lewis wedi adennill ei le yn y rheng ôl. Mae e'n ôl at ei orau wedi cyfres o anafiadau ac yn llawn haeddu bod 'nôl fel, wrth gwrs, mae capten Castell-nedd, Gareth Llewelyn. Gyda Gareth a Derwyn i neidio'n y llinellau, ein gobaith yw cloi'r Eidalwyr mas o'r ffynhonnell 'na o feddiant am y rhan fwyaf o'r gêm.

Dydd Sadwrn, 13eg
a Dydd Sul, 14eg o Ionawr

Dau sesiwn o ymarfer caled ddydd Sadwrn. Wedi blino'n lân erbyn i ni orffen ond pawb yn cytuno fod 'na welliant ar ddiwedd y dydd. Kate yn dod draw i westy'r Copthorne lle rŷn ni'n aros ers neithiwr am swper. A fory'n rhydd! Anogaeth yr hyfforddwyr i ni gerdded rywfaint. Am unwaith, bydd Kate yn gwmni wrth 'ymarfer'.

Nos Lun, 15fed o Ionawr

Daeth llythyr o Awstralia heddiw'n dymuno pob lwc i'r bechgyn. Alex a Kay yn cyfadde'u bod nhw'n colli Caerdydd a Chymru. Yn arbennig yn colli'r ffrindiau yng Nghlwb Caerdydd ar ôl bod yn gysylltiedig â'r Clwb cyhyd. Ers iddo gael ei apwyntio'n hyfforddwr Cymru ar gyfer Cwpan y Byd, roedden nhw wedi dod i nabod chwaraewyr o glybiau eraill yn well ac roedden nhw am ddymuno'n dda i ni i gyd nos fory a gweddill y tymor, gan ychwanegu'u bod nhw'n dal i edrych mlae'n at ein gweld yn ddiweddarach yn y flwyddyn.

Teimlo'n fwy a mwy nerfus wrth i'r gic gynta nesáu fory. Er bod yr ymarfer wedi bod yn drwyadl, dwi ddim yn teimlo fod pethe'n iawn 'da ni eto. RHAID curo'r Eidalwyr, wrth gwrs, ond rwy'n credu y bydd y modd y byddwn ni'n chwarae'n llawn mor bwysig. Ein bwriad yw chwarae gêm agored lle mae'r bêl yn llifo ar hyd y llinell gefn a lle y byddwn ni'r blaenwyr yn gallu cefnogi'r olwyr a thrafod y bêl yn llawn mor gelfydd.

'Nôl yn f'ystafell heno ar ôl mynd i'r sinema i weld *American President*. Pawb am gael noson gynnar. Cyfle i fi, felly, bendroni'n fy stafell am sefyllfa capten tîm rygbi Cymru. Personoliaethau chwaraewyr Caerdydd yn ddigon cyfarwydd erbyn hyn. Ar y llaw arall, dyw penwythnos hwnt ac yma ddim yn ddigon i roi cyfle i ddod i nabod y bechgyn eraill ac mae hynny'n 'y ngofidio rywfaint. Mae'n bwysig fod y capten yn gwybod ffor' i godi hwyl aelod o'i dîm pan fydd e'n teimlo'n ddiflas. Gobeithio y caf gyfle i fod yn gapten am weddill y tymor. Dwi ddim yn gweld newid capten ar ganol tymor yn gwneud fawr o synnwyr gan y bydd parhau yn y swydd yn helpu rhywun i ddod i nabod aelodau'r garfan yn well. Trwy wneud hynny, rwy'n sicr y gallwn ni greu gwell awyrgylch ymhlith y garfan ac fe fydd hynny'n siŵr o'n hannog i gydweithio'n well ac i weithio er mwyn ein cydchwaraewyr ac er mwyn y tîm a Chymru. Mae'r cyfan, ar hyn o bryd, yn dibynnu ar y canlyniad yn erbyn yr Eidal.

Dydd Mawrth 16eg o Ionawr

Brecwast tua naw o'r gloch 'da'r garfan i gyd. Cyfarfod byr wedyn gyda Kevin, Justin Thomas, Arwel Thomas, Andy Moore, Hemi a Derwyn i drafod un neu ddwy broblem fach a hefyd er mwyn cael trawsdoriad o'r tîm i gael un cyfle bach funud ola i roi hwb i'w calonnau.

Lawr i'r Maes Cenedlaethol cyn cinio i roi cyfle i'r cicwyr gael cyfle byr arall i ymarfer. Y gweddill ohonon ni'n rhedeg o gwmpas yn bwydo peli iddyn nhw a cheisio cael gafael ar fwy o naws y lle.

Cyfarfod gyda'r pum cap newydd ar ôl cinio. Kevin yn y gadair, Alan Lewis, Keith Lyons o staff yr Undeb a finne i drafod siwd ma' nhw'n teimlo. Digon nerfus, wrth gwrs, er bod 'na ambell fflach o ddoniolwch yn ymddangos. Leigh Davies yw'r ifanca ac, ar hyn o bryd, fe sy'n ymddangos y lleia nerfus. Rwy'n hollol hyderus y bydd y pump ohonyn nhw'n chwarae rhan bwysig heno.

Nos Fawrth, 16eg o Ionawr
(Cymru 31-Yr Eidal 26)

Falle, yn y diwedd, i ni fod yn lwcus i ennill. Yn wahanol i gêm Caerdydd yn erbyn Toulouse, fe sgorion ni'n gyson trwy gydol yr hanner cynta. Yn gymharol gynnar yn yr ail hanner, 25 pwynt ar y bla'n roedd pethe'n gyfforddus a'r dorf yn amlwg yn gobeithio am fwy.

Trueni na lwyddon ni i roi mwy i blesio'r dorf ond roedd yr Eidalwyr yn dal i frwydro'n galed. Ges i ofn yn sicr ac mae 'na le i wella ar ein ffitrwydd a'n canolbwyntio ni i wneud yn siŵr na fydd yr un peth yn digwydd tro nesa, yn arbennig yn erbyn Lloegr yn Nhwicenham.

Ac roedd cychwyn y gêm mor wych o'n rhan ni. Dyna oedd y siom. Un o flaenasgellwyr yr Eidal yn camsefyll o fewn eiliadau i'r gic gynta'n rhoi cyfle i Arwel setlo'i nerfau (a nerfau pawb arall) trwy gicio gôl gosb o ryw ddeugain llath. Do, fe lamodd y bêl oddi ar y trawst ond roedd hi'n gic wych dan yr amgylchiadau. Fel capten, teimlais ei bod hi'n ddyletswydd arna i i fynd draw i'w longyfarch. Ei ymateb, trwy'i wên lydan, oedd i'r perwyl nad oedd y gic yn bwysig ond beth am ei siorts? Roedd y camerâu teledu yno ac roedd ei fam rywle'n yr eisteddle. Roedd e am wybod a oedd e'n dal i edrych yn daclus . . . wedi llai na munud o chwarae! Diflannodd y nerfusrwydd yn llwyr. Roedd hi'n amlwg fod 'na athrylith newydd wedi camu i'r Maes Cenedlaethol ac i rygbi rhyngwladol.

Dominguez, y maswr, yn methu â chic gosb bron ar unwaith ac yna triphwynt arall i Arwel ag ail gôl gosb. Holl addewid y bois newydd yn dwyn ffrwyth ar ôl rhyw ddeuddeg munud wrth i Arwel a Leigh gyfuno i ryddhau Justin a'r cefnwr yn sgorio'i gais cynta yng nghrys coch Cymru. Arwel yn trosi a phawb yn y dorf yn amlwg yn brolio'n barod. Roedd 'na gystal chwarae i ddod eto wrth i Wintle greu lle i Leigh fylchu a bwydo Ieuan. Dim ond hanner cyfle sydd angen ar Ieuan a'r tro 'ma fe wibiodd e drosodd i sgorio cais gwych.

Pan giciodd Arwel gôl gosb arall i'n rhoi ni 21-0 ar y

bla'n ar yr egwyl, roedd pethe'n argoeli'n dda am ddadeni yn rygbi Cymru. Oedd, roedd 'na ambell dueddiad i ni ailgylchu'r bêl yn rhy araf ar brydiau ond, ar y pryd, mân frychau oedd yn amharu ar ein chwarae. Ynghyd â'r hen bennau, roedd y bechgyn newydd wedi cyfrannu'n dda. Andrew Lewis yn dal ei dir yn y chwarae tyn ac yn gyflym o gwmpas y cae. Pawb yn cytuno fod chwarae Gwyn Jones yn agoriad llygad i'r rheiny nad oedd wedi'i weld e'n chwarae o'r bla'n. Roedd e bron ym mhobman; yn gynta at y bêl bob tro fyddai symudiad yn torri lawr ac yn llwyddo gan amla i fwydo'r bêl 'nôl i'r olwyr.

O fewn dau funud ciciodd Dominguez gôl gosb i roi'r pwyntiau cynta i'r Eidal ond doedd hynny ddim yn mynd i amharu ar ein mwynhad o'r noson. Yn fuan, roedd y dorf yn dathlu wrth weld Ieuan yn dod mewn o'i asgell i gymryd pàs Arwel a chroesi wrth y pyst. Dim trafferth i'r maswr drosi unwaith eto. Ar y pryd, rwy'n siŵr fod pawb yn gwylio yn y stadiwm neu ar y teledu yn meddwl bod y llifddorau ar fin agor a Chymru'n mynd i sgorio pentwr o bwyntiau. Dim ond rhyw hanner meddwl hynny rown inne, fodd bynnag. Ym merw'r frwydr rhwng y blaenwyr, rown i yn y man a'r lle i weld a theimlo pa mor egnïol oedd chwarae'r ymwelwyr o Fôr y Canoldir.

Dominguez ac Arwel yn cyfnewid gôl gosb yr un cyn i ni golli'n ffordd i raddau ac i flaenwyr yr Eidal ddarganfod rhyw egni newydd i'w hysbrydoli i chwarae'n llawer gwell nag yn yr hanner cynta. Roedd hi'n teimlo, yn ystod y munudau ola, fel petaen ni'n chwarae yn erbyn tîm gwahanol. Beth bynnag, fydd neb yn honni, dwi ddim yn credu i ni ymlacio. Ar ôl chwarae tîm ymddangosiadol wan am bron i awr – a'u curo'n gyfforddus – roedd hi'n sioc gweld eu bod nhw yn sydyn yn trosglwyddo'r egni oedd mor brin yn eu chwarae cynnar, a'i droi'n arf ymosodol yn ein herbyn.

Gwers werthfawr arall i bawb yn y garfan i'w dysgu. Yn sicr, roedd chwarter ola'r gêm yn fedydd tân i'r chwaraewyr newydd . . . ac rwy'n barod i 'nghynnwys inne'n eu plith. Er i un neu ddau o olwyr yr Eidal, yn arbennig Vaccari, fygwth ein llinell, y prop Franco Properzi a'r blaenasgellwr Andres Sgorlon oedd y ddau i groesi am gais yr un. Gan i'r maswr, Dominguez, drosi'r ddau ac ychwanegu gôl gosb, roedd y munudau ola'n rhai nerfus i'r Cymry ar y cae ac yn y dorf.

Ie, am drigain munud fe chwaraeon ni'n arbennig o dda a bu bron i ni sgorio fwy nag unwaith eto. Yn anffodus, dyw *bron* â sgorio ddim yn cyfri dim ar y sgôrfwrdd. Canolbwyntio am y pedwar ugain o funudau'r gêm, nid yr awr gynta'n unig; bydd rhaid gwneud hynny yn y gêmau i ddod.

Dydd Sadwrn, 20fed o Ionawr
(Penarth 6-Caerdydd 62)

Ces ddiwrnod digon tawel a hamddenol yn gwylio'r bechgyn yn symud y clwb mla'n i rownd nesa Cwpan SWALEC gyda pherfformiad grymus. Do, fe fygythiodd Penarth am gyfnod byr bob ochr i'r egwyl ond, gan i ni fod 25-3 ar y bla'n erbyn hynny, doedd 'na ddim amheuaeth am y canlyniad cyn eu hymdrech fwya.

Roedd un cais ar ddeg yn erbyn dim yn adlewyrchiad teg o'r chwarae a phawb yn nhîm Caerdydd yn cyfrannu mewn modd positif.

Clywed ar ddiwedd y prynhawn am ganlyniadau'r ddwy gêm gynta ym mhencampwriaeth y Pum Gwlad eleni. Ffrainc yn curo Lloegr 15-12 yn y *Parc des Princes* a'r Alban yn curo Iwerddon 16-10 yn Lansdowne Road. Edrych mla'n at weld rhywfaint o'r ddwy gêm ar y teledu fory a chael cyfle i feddwl am obeithion Cymru yn erbyn y pedair gwlad.

Dydd Sul, 21ain o Ionawr

Oedd, roedd 'na wersi inni i'w dysgu'n y ddwy gêm ryngwladol ddoe. Dim un cais ym Mharis. Lacroix a Grayson yn cael gêm gyfartal o ddeuddeg pwynt yr un a'r canolwr newydd, Thomas Castaignède, yn cicio gôl adlam ar y diwedd i ennill y dydd. Castaignède, wrth gwrs, yn tyfu'n enw cyfarwydd ar ôl i Gaerdydd ei wynebu bythefnos yn ôl.

Mae'n debyg i un o sylwebyddion Ffrainc ddweud ar ddiwedd y prynhawn: *"C'était un non-match"*. Fel arfer, y gobaith yn Ffrainc yw gallu dweud *"C'était un bon match"* ac roedd prynhawn ddoe'n siom i bob Ffrancwr gwerth ei halen.

Draw yn Nulyn, mae'r Alban wedi rhyfeddu pawb ond eu cefnogwyr trwy guro Iwerddon mor fuan ar ôl colli i'r Eidal. Dyma ganlyniad sydd ar yr olwg gynta'n rhoi gobaith i Gymru yn sgil ein llwyddiant nos Fawrth. Y drafferth yw nad yw pethe o hyd yn datblygu'n rhesymegol. Mae'n amlwg fod yr haneri, Redpath a Townsend, wedi chwarae rhan allweddol i'r Alban. Capten yr Alban, Wainwright, wedi tynnu sylw hefyd gyda pherfformiad grymus.

Dydd Mawrth, 23ain o Ionawr

Cyhoeddi'r garfan ar gyfer Pencampwriaeth y Pum Gwlad heddiw a chyhoeddi taw fi fydd y Capten am weddill y tymor. Wrth gwrs 'y mod yn falch i dderbyn yr anrhydedd ond rwy'n ymwybodol o dderbyn y cyfrifoldeb sy'n mynd gyda'r swydd hefyd. Wedi'r holl ofidio a gobeithio dros y pum mis diwetha, mae'r uchelgais o gael arwain Cymru yn y Bencampwriaeth i'w gwireddu yn Nhwicenham os na fydd anaf yn dod i amharu ar bethe.

Pedwar ar hugain o chwaraewyr yn y garfan ond, yn rhyfeddod i lawer, dim lle i Jonathan Davies. Yn bersonol, fe fyddwn wedi hoffi'i weld yn rhan o'r gyfundrefn dros yr wythnosau nesa. Falle na fydde fe yn y garfan â gobaith i chwarae; dyw e ddim wedi chwarae digon o rygbi'r undeb ar ôl ei gyfnod yn chwarae rygbi XIII. Ond mae e wedi dod â rhywbeth i glwb Caerdydd sy'n amhrisiadwy: ei holl brofiad a'r gallu i ddygymod â phroblemau a'u datrys mewn modd sy'n newydd a ffres i ni.

Tipyn o fès yn y tŷ heddiw wrth i Derwyn baratoi i symud mas. Na, dyw Derwyn ddim yn creu mwy o annibendod, jyst ei fod e'n pacio'i stwff a ma' rhywun yn sylweddoli faint o geriach sy'n cael ei gasglu o gwmpas y lle. Mae e wedi bod yn gwmni da ond, ers iddo gyhoeddi'i fod e am fynd, rwy wedi bod yn edrych mla'n at gael y lle i gyd i fi'n hunan unwaith eto.

Dydd Gwener, 26ain o Ionawr

Lawr i Sir Benfro gyda charfan Cymru. Rhywbeth y mae Kevin wedi'i drefnu er mwyn cyfuno cael tipyn o hwyl dros y penwythnos gyda'r angen i gydweithio fel tîm. Ers imi glywed am y trefniant, rwy wedi edrych mla'n ato. Ma'r holl beth yn gam naturiol wrth i ni baratoi ar gyfer y daith i Dwicenham wythnos nesa.

Rwy'n rhannu stafell yn y gwesty gyda Wayne Proctor sy'n gam i'r cyfeiriad iawn gan fod hyn yn rhoi cyfle i ddod i nabod chwaraewr o glwb arall sy, erbyn hyn, wedi ennill tipyn o brofiad rhyngwladol.

Pan aethon ni mewn i Benfro i ymarfer yn y clwb rygbi lleol, tipyn o sioc i weld tua mil o gefnogwyr wedi ymgynnull i wylio'n sesiwn ymarfer. Cefnogwyr brwd iawn ar ddiwrnod o rew! Roedd y cae yn hynod o galed ac roedd rhaid i ni fod yn weddol o ofalus rhag diodde niwed difrifol.

Pawb yn flinedig gyda'r hwyr a phawb am gael noson dawel. Dyma'n union beth oedd Kevin am i ni gael dros y penwythnos ac mae e wedi addo diwrnod mawr a diwrnod pwysig fory. Fe fydd y cyfan yn syrpréis i fi!

Dydd Sadwrn, 27ain o Ionawr

Siom fawr yn y bore wrth sylweddoli bod y caeau ledled Cymru wedi rhewi. Dim gobaith felly i gael sesiwn ymarfer lawn. Symud i ardal Hwlffordd i ddefnyddio cae ffug *Astroturf* a'r tîm hyfforddi'n ein gweithio'n reit galed o gofio am yr ofn am anafiadau ar ddiwrnod mor oer. Gwaith caled ar sgrymio a sgarmesu i'r blaenwyr yn dwyn ffrwyth ond fe'n hesgusodwyd ni am gyfnod ar ddiwedd y sesiwn gan ei bod hi'n amlwg yn mynd yn rhy beryglus o lawer.

Y drafodaeth fawr yn parhau ynglŷn â'r gystadleuaeth rhwng Arwel a Neil am safle'r maswr. Problem fwya Jenks yw ei ddiffyg profiad chwarae dros yr wythnosau diwetha. Mae hynny'n siŵr o fod wedi cael effaith ar ei ffitrwydd a dyna, yn y diwedd, falle, fydd yn dylanwadu fwya ar Kevin.

Pawb yn gorfod symud o gwmpas y bwrdd cinio 'nôl yn y gwesty heno. Y drefn eistedd ar y dechre oedd: blaenwr/olwr/blaenwr/olwr a.y.y.b. Ar ôl pob saig roedd yn rhaid symud er mwyn eistedd rhwng dau berson gwahanol. Na, doedd 'na ddim cymaint â hynny o symud ond roedd gorfod eistedd rhwng wyth gwahanol berson yn ystod y nos yn syniad gwych i'n helpu i ddod i nabod ein gilydd yn well.

Gwely'n gynnar heno am fod Kevin wedi addo y byddwn ni'n codi am saith yn y bore i redeg ar y traeth! Ym mis Ionawr?

Dydd Sul, 28ain o Ionawr

Codi am saith yn ôl addewid yr hyfforddwyr. Nid rhedeg ar y traeth yn unig, fodd bynnag. Roedd Kevin ac Alan wedi trefnu nifer o wahanol gemau i wneud y bore'n ddiddorol. Cafodd pawb hwyl ac roedd y cyfan unwaith eto wedi'i anelu at greu gwell naws ymhlith y bechgyn a chreu ysbryd o gydweithredu ymhlith y garfan.

'Nôl i'r gwesty am frecwast iachus ac anogaeth i fynd am dro i helpu i dreulio'r bwyd. Sesiwn wedyn yn y gampfa ar y pwysau yn cloi'r gwaith corfforol. Pawb yn eu hwyliau gorau ac yn edrych mla'n yn eiddgar at glywed pwy sy wedi'i gynnwys yn y tîm ar gyfer Twicenham. Ambell un yn sicr yn ei obeithion a'r gweddill yn gofidio rywfaint. Fe fydda i'n rhan o'r broses o ddethol heno ac rwy'n siŵr y bydd 'na un neu ddau wyneb siomedig pan gyhoeddir y tîm.

Nos Sul, 28ain o Ionawr

Teithio'n ôl i Gaerdydd heno yn y car gydag Andy Moore. Rwy'n gyfeillgar iawn gydag Andy erbyn hyn ond roedd y sgwrs yn anghyffordddus. Cyn gadael Sir Benfro, eisteddais i lawr gyda'r dewiswyr i ddewis y tîm ar gyfer dydd Sadwrn. Roeddwn i yn y cyfarfod i roi fy sylwadau wrth i'r hyfforddwyr bwyso a mesur yn hytrach na chael y gair ola ar unrhyw un chwaraewr arbennig ar gyfer safle arbennig.

Mae'n debyg mai Robert Howley o Ben-y-bont yw dewis yr hyfforddwyr ar gyfer safle'r mewnwr. Roedd hi'n anodd, felly, i glywed Andy yn dweud gymaint mae e'n edrych mla'n at chwarae unwaith eto yn Nhwicen-ham. Fe chwaraeodd e yno dros Brifysgol Rhydychen yn erbyn Caergrawnt rai blynyddoedd 'nôl a gall rhywun ddeall ei deimladau ynglŷn â'r lle.

Trodd y drafodaeth unwaith neu ddwy at 'y nheimladau inne wrth arwain 'y ngwlad mas ar y cae ddydd Sadwrn ac roedd Andy'n llawn brwdfrydedd. Os mai Howley fydd dewis terfynol yr hyfforddwyr, fe fydd Andy'n siomedig tu hwnt. Y drafferth yw fod y ddau, yn eu ffyrdd unigryw, yn fewnwyr anhygoel o dda. Gobeithio na fydd pwy bynnag fydd yn cael ei siomi yn digalonni'n ormodol.

Nos Lun, 29ain o Ionawr

Sesiwn ymarfer heno yn cynnwys gêm ffug yn erbyn y garfan dan 21 oed. Ein cryfderau ni'n cael eu dadwneud gan rywfaint o ddiffygion trafod y bêl yn yr oerni. Cyhoeddwyd y tîm i aelodau'r garfan ac roedd Andy wedi'i siomi'n fawr. Rob Howley ac Arwel Thomas fydd yr haneri ac ma' nhw'n addo gêm gyffrous ac un neu ddau syrpréis i'r Saeson ddydd Sadwrn. Nigel Davies 'nôl fel canolwr yn lle Matthew Wintle yn dod â phrofiad i ganol y cae. Rwy'n siŵr mai ymateb i gyhoeddi'r tîm oedd y broblem heno achos, yn y bôn, mae pethe'n datblygu'n dda. Un peth sy'n sicr, mae'r ysbryd yn y garfan yn dda a phawb yn llawn gobaith am ddydd Sadwrn.

Dydd Mawrth, 30ain o Ionawr

Cynhadledd i'r Wasg i gyhoeddi'r tîm. Awr a hanner o siarad ac ateb cwestiynau. Rwy wedi cyfarwyddo â'r busnes 'ma erbyn hyn. Y cyfan sy rhaid ei gofio yw fod y gohebwyr yn gorfod llanw gofod ar eu papur neu ar eu rhaglen. Maen nhw'n chwilio am rywbeth gwreiddiol i'w ddweud ac mae'r baich yn cael ei ysgwyddo gan Kevin Bowring ac, o bryd i'w gilydd, gen i.

Cyfarfod wedyn gyda *Panasonic Technics* gyda Gareth Davies, Prif Weithredwr y Clwb, gan mai'r cwmni yw prif noddwyr adran ieuenctid ein cefnogwyr: y *Junior Blue & Blacks*. Dyma, yn y pen draw, ble mae dyfodol y clwb ac felly mae e'n rhan bwysig iawn o ddatblygu'n cysylltiadau masnachol.

Dydd Mercher, 31ain o Ionawr

Y garfan yn ymgynnull yng Nghaerdydd i ymarfer yn breifat yn y Stadiwm Cenedlaethol ac wedyn symud i Westy'r Copthorne dros nos. Nerfau tipyn o bawb yn amlwg yn corddi er bod pob un ohonon ni'n canolbwyntio ar y gorchwyl o'n bla'n. Y bechgyn ifanc, Arwel a Leigh, sy'n llwyddo orau i ysgafnhau pethe'n well na neb arall. Mae'n amlwg nad oes yr un gronyn o nerfusrwydd yn effeithio arnyn nhw ar hyn o bryd.

Cyfarfod gyda chyfreithwraig ynglŷn â chytundebau'r Undeb. Ei chyngor hithe oedd inni'u lluchio nhw i'r bin sbwriel. 'Nôl â ni, felly, i'r cychwyn cynta eto. Mae'n amlwg fod ei chyngor yn iawn wrth iddi ddangos fod rhai o hawliau'r chwaraewyr yn cael eu cyfyngu neu'u dileu'n gyfan gwbl gan rai o'r cymalau yn y cytundebau.

Dydd Iau, 1af o Chwefror

Diwrnod hir heddi. Gadael Cymru a theithio i Westy'r Penny-Hill Park. Lle digon boddhaol a chyfforddus sy'n ddigon pell o fwrlwm y Wasg a'r cefnogwyr. Rwy'n sylweddoli pa mor bwysig yw pethe i'r cefnogwyr, ond mae'n bwysig inni gael cyfle i ganolbwyntio nawr hefyd.

Gyda'r nos, pawb am gael noson dawel a chynnar. Eistedd, felly, yn f'ystafell yn paratoi'n feddyliol ar gyfer dydd Sadwrn. Dim ond un sesiwn ymarfer ar ôl. Popeth yn syrthio i'w briod le dros yr wythnos ddiwetha. Un o'r pethe pwysig sydd wedi dod i'm rhan fel capten yw ceisio llunio ambell araith i ysbrydoli'r bechgyn o bryd i'w gilydd. Bûm yn ffodus i gael Alex Evans yn ysbrydolwr gyda Chaerdydd ers tro byd ac fe fydda i, gan amla, yn cofio rhai o'r pethe ddywedodd e wrtho' i a'u haddasu, neu adeiladu ar yr hyn sy wedi llwyddo gyda fi hyd yn hyn. Mae gan lawer yr *AWYDD* i ennill. *Cystadleuwyr* yw nhw. Nifer gymharol fach sy'n meddu ar yr *EWYLLYS* i ennill. *Nhw* yw'r pencampwyr. Trwy gydol yr wythnos hon, rwy'n teimlo fod yr ewyllys i ennill wedi'i fagu ymhlith aelodau tîm rygbi Cymru. Mae pob un ohonon ni'n deall nad yw'r awydd i ennill ddim yn ddigon.

Dydd Gwener, 2ail o Chwefror

Ymarfer ar gaeau'r coleg milwrol yn Sandhurst. Dim anafiadau munud ola i amharu ar y paratoadau. Mae'r holl beth wedi troi mas fel ymgyrch byddin, yn arbennig o gofio am yr holl Gymry sy'n heidio i gyfeiriad Twicenham. Un neu ddau fradwr yn ceisio'n dilorni trwy'n hatgoffa nad oes 'na'r un tîm sy wedi paratoi yn Sandhurst wedi ennill yn Nhwicenham wedyn.

Cyfle'n y prynhawn i fynd i weld y maes yn Nhwicenham. Stadiwm ardderchog. Does dim dwywaith am hynny. Roedd 'na rywfaint o naws gwawd a dirmyg y Saeson tuag atom ymhlith rhai o'r gweithwyr oedd wrthi'n gorffen paratoi'r lle ar gyfer fory. Yn anffodus, oherwydd y tywydd rhewllyd, dwi ddim yn credu fod y cae mewn cystal cyflwr ag y byddai'r ddau dîm yn dymuno. Y nerfau wedi'u lleddfu rywfaint wrth gerdded o gwmpas y lle.

Nos Wener, 10 o'r gloch: newydd gyrraedd 'nôl i'r gwesty o'r sinema. Nifer o drafodaethau byr gydag unigolion a grwpiau bach cyn mynd allan heno. Trafod ambell bwynt bach sy'n bwysig iddyn nhw o fewn cynllun cyflawn y tîm. 'Nôl yn f'ystafell nawr, mae'r nerfusrwydd 'nôl. Beth sydd yn ddiddorol, fodd bynnag, yw fod y nerfusrwydd yn wahanol wrth imi chwarae mwy o Gêmau Prawf. Mae'r cynllunio i gyd wedi gorffen nawr a'r cyfan y gallwn ei wneud yw aros i weld a fydd e'n dwyn ffrwyth. Erbyn yr amser hyn nos fory fe fyddwn ni, a phawb arall, yn gwybod yr ateb.

Bore dydd Sadwrn, 3ydd o Chwefror

Hemi'n fy neffro am naw o'r gloch. Ydw i'n teimlo'r pwysau? Ydw, wrth gwrs 'y mod i, fel y mae gweddill carfan Cymru. Ond mae 'na lawn gymaint o bwysau ar y Saeson ar ôl eu methiant nhw ym Mharis. Mae'r Wasg ar y ddwy ochr i Glawdd Offa'n brysur yn hogi'u cyllyll. Rhaid dysgu sut i ddelio 'da'r pwysau a dygymod â'r ffaith fod gobeithion cymaint o gefnogwyr ar ein hysgwyddau. Lawr am frecwast cymdeithasol am yr awr nesa ac yna awr dawel 'nôl yn f'ystafell i ymlacio.

Gwylio rhaglenni plant ar y teledu! Be sy o'i le ar hynny? Dim byd, wrth gwrs. Yn arbennig o gofio mai mynd mas i chwarae y byddwn ni'n ei neud yn hwyrach y prynhawn 'ma! Y bws yn ein casglu tua hanner awr wedi un ar ddeg i'n cludo i Dwicenham. Mae'r awr dyngedfennol wedi dod!

Prynhawn dydd Sadwrn, 3ydd o Chwefror
(LLOEGR 21-CYMRU 15)

Siom fawr oedd colli'r gêm hon. Yn arbennig o gofio pa mor glòs oedd pethe'n y diwedd. Hyder Arwel Thomas wedi tyfu'n aruthrol. Does dim amheuaeth nad yw e ddim yn becso am y gystadleuaeth rhyngddo a Neil Jenkins am safle'r maswr. Ysgytiwyd y Saeson gan ei feiddgarwch a 'na beth roes y cyfle i ni fynd ar y bla'n wedi un funud ar ddeg o chwarae.

Fe'n gwobrwywyd â chic gosb tuag ugain metr o linell gais Lloegr. Tra oedd y byd a'r betws yn disgwyl i Arwel anelu at y pyst, cymerodd y crwt ifanc o Drebannws gic fer iddo fe'i hun a phasio'r bêl i Gwyn Jones. Er taw blaenasgellwr yw Gwyn, mewn sefyllfa fel hon bydd e o hyd yn ymddwyn fel canolwr. Doedd dim rhyfeddod, felly, i'w weld e'n chwilio am gymorth i'r chwith a 'na lle roedd Wayne Proctor a Leigh Davies wrth law i drosglwyddo'r bêl i ddwylo Hemi. Torrodd y Cymro o Seland Newydd trwy ymdrechion Paul Grayson a Mike Catt i'w daclo a 'na gais cynta'r gêm ar y sgôrfwrdd.

Methodd Arwel â throsiad ond roedd ein hunan-hyder wedi'i godi i'r entrychion. Bylchodd Howley 'da Gwyn a Leigh i'w gefnogi. Llwyddodd Ieuan i osgoi'r amddiffynwyr cynnar ond, pan ddaeth yr ail don o Saeson i'w sgubo dros y ffin, 'na ddiwedd ar ein gobeithion am sioc sydyn arall.

Yn raddol, symudodd canolbwynt y chwarae draw i'n hanner ni o'r cae a'r bachwr, Mark Regan, y mewnwr,

Matthew Dawson, a chapten Lloegr, Will Carling, i gyd yn cael eu rhwystro gan amddiffyn cryf Cymru. Yn anffodus, ychydig funudau cyn yr egwyl, wedi cryn bwyso ar ein llinell, llwyddodd Rory Underwood i dorri drwodd a sgorio dan y pyst. Trosiad hawdd i Grayson ac fe ysbrydolodd hyn y Saeson am funudau ola'r hanner.

Er i Jeremy Guscott a Grayson ymosod yn ffyrnig, fe lwyddon ni i'w cadw draw a doedd y sgôr o 7-5 i'r Saeson ar yr egwyl ddim yn 'y mhoeni'n ormodol.

Ar ddechre'r ail hanner, roedd hi'n amlwg fod eu blaenwyr nhw am godi tempo'r gêm. Os taw cyflymdra oedden nhw'i angen, yna roedden ni'n barod i ymateb. Yn wir, doedd 'na ddim diffyg ffitrwydd ymhlith ein bechgyn ni. Tristwch personol i'n cefnwr, Justin Thomas o Lansteffan, fodd bynnag, oedd ildio cais arall i'r Saeson wedi saith munud o'r ail hanner. Justin yw un o'r rhedwyr cyflyma sy'n chwarae rygbi ar hyn o bryd ac mae ganddo, fel arfer, ddigonedd o amser i wneud beth bynnag mae e am ar y cae. Am unwaith y prynhawn 'ma, cymerodd ormod o amser wrth gicio i glirio ar *ddiwedd* ymosodiad gan Loegr. Rwy'n pwysleisio fod diwedd yr ymosodiad, i bob pwrpas, wedi digwydd. Rhaid dysgu nawr nad yw'r fath beth yn digwydd tan i'r bêl groesi'r ffin. Dilynodd Guscott y bêl a daliodd i redeg at Justin gan daro cic ein cefnwr 'nôl dros ein llinell. Doedd gan Guscott ond syrthio ar y bêl am anrheg o gais i Loegr.

Diolch byth nad oedd Grayson yn rhy lwyddianus gyda'i gicio oherwydd rown i'n teimlo fod y dyfarnwr o'r Alban, Ken McCartney, yn llawer llymach arnon ni nag ar y Saeson. Wedi i Grayson fethu â nifer o giciau cosb at y pyst, llwyddodd ag un o'r diwedd i'w rhoi nhw 15-5 ar y bla'n.

Yn ystod y munudau nesa, rown i, mae'n debyg, yn rhan o ddigwyddiad diflas o hanesyddol. Dyma'r tro cynta, yn ôl yr haneswyr, i ddau gapten orfod gadael y cae mewn gêm rygbi ryngwladol. Anafwyd coes Carling a daeth Phil de Glanville i'r cae yn ei le. Yna rhedais inne'n syth at Tim Rodber, sy ddim yn rhywbeth hynod o glyfar i'w neud!

Ces niwed ar fy ngwddf ond, ym merw'r frwydr, rown i'n ffyddiog y gallwn aros ar y cae a dal i neud cyfraniad. Doedd ein tîm meddygol ddim yn cytuno ac fe gymerodd gryn ymdrech iddynt i ddwyn perswâd arna i i adael y cae. Cafodd y bois teledu wledd wrth gwrs, yn tynnu sylw at y ddadl rhyngo' i a'r rheolwyr. Mae'n anodd i rywun sy heb fod yn y fath sefyllfa weld pa mor emosiynol mae pethe a pha mor anodd yw dygymod â gorfod gadael y cae – yn arbennig yn ystod gêm gynta rhywun ym Mhencampwriaeth y Pum Gwlad.

Wedi imi adael, ciciodd Arwel gôl gosb ond atebodd eu maswr nhw, Grayson, â dwy gôl gosb i roi Lloegr 21-10 ar y bla'n. Roedd y Saeson am redeg i ffwrdd â phethe. Ond safodd ein hamddiffyn yn gadarn a rhoi llygedyn neu ddau o obaith i Gymru. Dim ond unwaith y llwyddon ni i groesi'u llinell a hynny trwy ddyfal-barhad a chryfder Rob Howley. Bylchodd y mewnwr trwy'r amddiffyn o gwmpas sgarmes a chroesi am gais unigol gwych. Methodd Arwel â'r trosiad unwaith eto a gorffennodd y gêm yn fuan wedyn gan adael ein carfan braidd yn fflat.

Roeddem, yn ddieithriad, yn hapus i sgorio dau gais yn ateb i ddau gais Lloegr ond teimlad pawb oedd na chawson ni chwarae teg gan chwiban McCartney. Pan ddaeth y bechgyn oddi ar y cae, roedden nhw'n hyderus y bydden ni wedi llwyddo i ennill petai 'na bum munud arall o chwarae'n weddill. Yn sicr, roedd rheolwr tîm Lloegr, Jack Rowell, yn gofidio wrth aros yng ngheg y twnnel sy'n arwain i'r stafelloedd newid.

Wynebau trist iawn 'nôl yn ein stafell newid ni. Kevin Bowring, Alan Lewis a rheolwr y tîm, Derek Quinnell, yn barod â'u hanogaeth a'u cefnogaeth i'n codi o'r holl ddiflastod. Doedd dim eisiau iddyn nhw ddweud ein bod ni wedi chwarae'n dda, roedd pob un o'r garfan yn gwybod hynny. Y drafferth oedd fod disgyblaeth a nerth y Saeson wedi llwyddo unwaith eto yn erbyn ein doniau cynhenid ni Gymry.

Mae'n debyg taw ymateb Rowell wrth siarad â'r Wasg wedyn oedd: "Do, fe geson ni fuddugoliaeth, ond . . ." ac yna, yn ôl y sôn, aeth e mla'n i restru cryfderau Cymru a phwysleisio addewid ein chwaraewyr ifanc ni. Roedd e wedi siarad yn ystod yr wythnos am ei ofid am allu Arwel i syfrdanu'i chwaraewyr e a rhoi ambell syrpréis iddyn nhw. Trueni na fyddai Arwel, neu un neu ddau arall ohonon ni, wedi rhoi mwy o syrpréis i Rowell a'i griw!

Pan oedden ni ar y bws yn barod i fynd i'r cinio yng nghanol Llundain, galwyd ar Kevin, Derek a finne'n ôl i gynhadledd fer i'r Wasg ym mherfeddion y stadiwm. Gan fod Kevin a finne wedi siarad tipyn yn barod gyda bois y teledu a'r radio, doedden ni ddim yn disgwyl fod 'na ragor o gwestiynau i'w hateb. Ond na, roedd rhaid i gynrychiolwyr y papurau newydd gael eu cyfle ac felly 'nôl â ni i'w hwynebu nhw. Nifer yn holi am fy iechyd ac un neu ddau yn cydnabod ein bod ni wedi neud fwy o lawer i ddifyrru'r dorf nag y gwnaeth y Saeson. Gorfod cydnabod fod pawb wedi'u siomi gan y canlyniad ond Kevin yn hollol argyhoeddiedig ein bod ni ar y trywydd iawn. Tipyn o drafod ynglŷn ag agwedd ac arddull Arwel wrth chwarae'r gêm. Kevin a finne'n gorfod cyfadde'n syndod i'w weld e'n rhedeg y gic gosb i arwain at gais Hemi.

Gallai'r cwestiynau fod wedi parhau tan yn hwyr y nos ond, ar ôl rhyw chwarter awr, mynnodd Derek ein bod ni'n cael mynd – rhag ofn y byddai Arwel yn rhoi syrpréis arall i ni ac yn dwyn y bws! Pan gyrhaeddon ni'r maes parcio *roedd* 'na syrpréis yn ein haros. Pwy oedd yn eistedd yn sedd y gyrrwr? Neb llai nag Arwel Thomas! Yn bygwth gyrru gweddill ein carfan ei hunan i'r cinio mawr yn y *West End* os nad oedd y 'pwysigion' honedig yn dod 'nôl ar unwaith!

Nos Sadwrn, 3ydd o Chwefror

Cinio hynod o gymdeithasol gyda'r Saeson! Ces gyfle am sgwrs hir wedyn gyda Will Carling, Jeremy Guscott a Rory Underwood. Carling yn dangos nad yw'r holl ffwdan am ei briodas yn y Wasg tabloid wedi amharu ar ei ddoniolwch. Sawl un o garfan Lloegr, yn ei dro, wedi cael amser anodd gan nifer fawr o sylwebyddion.

Y cyngor i ni'r Cymry oedd i ddal ati. Fe ddaw ein tro ni am lwyddiant eto cyn bo hir. "Ond ddim yn rhy fuan, plis," oedd diweddglo pob dymuniad da gan Carling a'i griw.

Bûm yng nghwmni'r prop profiadol, Jason Leonard, tan oriau mân y bore (pedwar o'r gloch a bod yn berffaith onest ond, da chi, peidiwch â sôn wrth Kevin a'i gyd-hyfforddwyr!) yn trafod cymhlethdodau dyrys y rheng flaen. Does gan y *prima donnas*, yr olwyr, na hyd yn oed dwy reng ôl y sgrym, ddim syniad beth sy'n mynd 'mla'n wrth y ffâs go iawn ym mherfeddion y sgrym. Mae 'na frwydrau personol a hirhoedlog yn digwydd lawr fan'na nad oes gan sylwebyddion y papurau a'r radio a theledu ddim dealltwriaeth ohonyn nhw o gwbl.

Ga i'ch atgoffa hefyd, er y bydda i'n gobeithio'i wynebu eto ar y cae o bryd i'w gilydd, 'y mod i wedi dysgu ambell dric newydd yn ystod y sgwrs gyda Jason Leonard. Rŷn ni'n rhan o'r un undeb, ch'wel', ac fe fydd bois y rheng fla'n o hyd yn ffrindie mawr oddi ar y cae chwarae.

Dydd Sul, 4ydd, i ddydd Mercher, 7fed o Chwefror

Y Wasg, ar y cyfan, yn ddigon hael â'u canmoliaeth o'n dull o chwarae. Wedi dweud hynny, rwy wedi hen ddiflasu ar golli. Er i'r Alban guro Ffrainc yng Nghaeredin ddydd Sadwrn, rwy'n obeithiol y gallwn ni ennill yn eu herbyn nhw wythnos i ddydd Sadwrn.

Dydd Iau, 8fed o Chwefror

Sesiwn ymarfer gyda charfan Cymru. Er gwaetha'r siom o golli yn Nhwicenham, mae 'na ysbryd da ymhlith y bechgyn. Pob un, yn ddieithriad, yn gweld dydd Sadwrn diwetha'n gyfuniad o gam yn ôl wrth i ni golli, a cham ymla'n wrth ennill profiad yn erbyn tîm a orffennodd yn bedwerydd yng Nghwpan y Byd yn Ne Affrica y llynedd. Pawb mewn hwyliau da, felly, er bod llawer ohonon ni'n cymharu anafiadau a chleisiau. A bod yn hollol onest, rwy'n teimlo fod gêmau rhyngwladol gymaint caletach na gêm gyda Chaerdydd fel nad yw wythnos yn ddigon i adfer y corff 'nôl i'w gyflwr gorau ar gyfer gêm arall. Bydd rhaid dygymod â'r broblem dros yr wythnosau nesa, yn arbennig os byddwn yn llwyddiannus yng nghystadleuaeth Cwpan SWALEC, lle byddwn yn chwarae Abertawe ar gae San Helen wythnos union ar ôl gêm Cymru'n erbyn yr Alban.

Dydd Sadwrn, 10fed o Chwefror

Cyfle arall i Paul Young chwarae mewn gêm gyfeillgar arall gyda chlwb Caerdydd, y tro 'ma yn erbyn Trecelyn yma yng Nghaerdydd. Buddugoliaeth gyfforddus i Gaerdydd, 45-15.

Chwaraeodd Ian Jones, cyn-gefnwr Llanelli, sy'n hannu o Landeilo, ei gêm gynta i Gaerdydd heddi ac fe sgoriodd ddau gais i ddangos nad yw e wedi colli'i awch am y gêm. Ymunodd Ian â Chaerdydd yn ystod Haf 1995 ond mae anafiadau wedi'i gadw oddi ar y cae hyd yn hyn. Hoffai fod wedi manteisio ar absenoldeb Mike Rayer ar ddechre'r tymor ac mae e'n awyddus nawr i gael diweddglo llwyddiannus i dymor digon diflas iddo. Gallai pethe fod wedi bod mor wahanol i'r ddau oni bai am eu hanafiadau.

Dydd Sul, 11eg o Chwefror

Siarad gydag Eddie Butler ar raglen *Scrum V* prynhawn 'ma. Yn dal i ennill 'y nhir wrth ddelio 'da bois y cyfryngau ac yn teimlo'n fwy hyderus bob tro rwy'n ymddangos o flaen camera neu feicroffon. Dysgu bod yn naturiol a pheidio â bod yn ffug yw'r peth pwysig ac rwy'n llwyddo i ymlacio yng nghwmni'r holwr erbyn hyn.

Rwy'n ymwybodol pa mor drwm yw'r pwysau arnon ni i lwyddo yn erbyn yr Alban wrth i gymaint o'r rhaglen ganolbwyntio ar ragolygon y gêm ddydd Sadwrn. Rhaid cyfarwyddo

â'r pwysau, wrth gwrs, a gweithio'n galetach i'w ddefnyddio er lles y tîm ar y cae.

Dydd Llun, 12fed, i ddydd Iau 15fed o Chwefror

Nifer o sesiynau ymarfer gyda charfan Cymru dros y dyddiau diwetha. Wedi i bawb ddod dros anafiadau'r gêm yn erbyn Lloegr, does fawr o awydd ar neb i weithio ar ffitrwydd yn unig. Pob aelod o'r garfan a'r hyfforddwyr yn cytuno mai ymarfer 'da'r bêl a cheisio ffugio sefyllfaoedd go iawn sy angen arnon ni. Dwi ddim yn credu fod 'da ni broblem ffitrwydd, hyd yn oed o gymharu â Lloegr. Yr hyfforddwyr, wrth gwrs, wedi astudio fideos o gêmau'r Alban yn fanwl ac yn trafod gwendidau a chryfderau'r bois o Ogledd Prydain yn y sesiynau ymarfer. Wedi dweud hynny, rhaid i ni ganolbwyntio ar chwarae'r gêm yn y modd sy'n addas i'n tîm ni gan bwysleisio'r angen sylfaenol i sgorio pwyntiau yn hytrach na gorfod amddiffyn. Hen, hen ddywediad yw mai'r ffordd orau i amddiffyn yw ymosod ac fe hoffwn i feddwl y daw'r athroniaeth honno â llwyddiant i ni ddydd Sadwrn.

Dydd Gwener, 16eg o Chwefror

Y sesiwn ymarfer ola cyn y gêm. Paratoadau munud ola sy'n ddim llawer mwy na chymoni a thacluso a sgubo'r gwe pry cop o feddwl pawb ar gyfer prynhawn fory.

Diolch byth fod y paratoi'n dirwyn i ben. Rwy wedi edrych mla'n ers blynyddoedd at gael cynrychioli

Cymru ym Mhencampwriaeth y Pum Gwlad ar Barc y Cardiff Arms ac mae'n anodd disgrifio 'malchder wrth i'r awr dyngedfennol nesáu.

Llai o nerfusrwydd nawr wrth i'r profiad o gynrychioli Cymru dyfu'n arferiad. Teimlo'n gyfforddus ynglŷn â chwarae'n ôl yma yng Nghaerdydd ar gae rwy wedi dod i'w nabod erbyn hyn. Rwy'n credu bod fy rhieni'n fwy nerfus na fi erbyn hyn. Mae Mam yn dod i'r gêmau yma yn Ewrop ar ôl i mi chwarae fy nhair gêm gynta dros Gymru mas yn Ne Affrica. Yn anffodus, mae'n anodd iddi fwynhau'r profiad gan ei bod hi'n gofidio fwy amdana i'n diodde rhyw anaf nag am y sgôr a'r canlyniad. Tan i fi gael plant fy hunan, alla i ddim deall y fath ymateb ac rwy'n teimlo'n drist nad yw Mam a Nhad yn gallu cael mwy o bleser trwy 'ngwylio'n cynrychioli Cymru.

Beth bynnag, 'nôl i'r tŷ i gasglu 'nillad parchus ar gyfer fory, gan gynnwys y siwt pengwin ar gyfer y cinio gyda'r nos. Yr ymweliad arferol i'r sinema heno a noson gynnar i sicrhau digon o gwsg cyn cyffro mawr fory.

10 o'r gloch bore dydd Sadwrn, 17eg o Chwefror

'Nôl yn fy stafell ar ôl brecwast i ddarllen y papurau. Tudalen gyfan yn y *Western Mail* yn sôn am yrfaoedd y ddau gapten y prynhawn 'ma. Trafodaeth y ddau brif ddylanwad ar 'y ngyrfa inne: Nhad ac Alex Evans. Oes, mae 'na wyrth wedi digwydd dros y flwyddyn ddiwetha i newid cyfeiriad 'y mywyd o fod yn fachwr gyda chlwb Caerdydd i fod yn gapten ar dîm rygbi Cymru. Y darn am Rob Wainwright yn sôn amdano fel y person tebyca i fod yn gapten ar y Llewod i Dde Affrica y flwyddyn nesa. Er nad oes 'da fi gymaint o brofiad â Wainwright, gall llawer o bethe ddigwydd dros flwyddyn a, phwy a ŵyr, falle caf gyfle i gystadlu am y safle ar ddiwedd dau dymor o chwarae ym Mhencampwriaeth y Pum Gwlad.

Gyda llaw, ces gyfle ddoe i gwrdd â'r sylwebydd rygbi enwog, Bill McLaren, a'r ffotograffydd, Patrick Litchfield. McLaren yn manteisio ar y cyfle i ddod i nabod yr wynebau newydd yn nhîm Cymru. Litchfield yn tynnu lluniau ar gyfer rhyw gyhoeddiad neu'i gilydd. Rhaid cofio glanhau 'nannedd bob dydd nawr, jyst rhag ofn . . .

Y bws yn gadael y gwesty am hanner dydd i fynd lawr i'r Stadiwm Cenedlaethol. Canol Caerdydd yn llawn o gefnogwyr ar eu ffordd, gobeithio, i weld Cymru'n ennill. Mae'n anhygoel 'y mod i wedi bod, droeon, ymhlith y dorf ar ddiwrnod fel heddi. O'r diwedd rwy'n cael cyfle i wireddu uchelgais fwya 'ngyrfa rygbi a chwarae dros Gymru yng Nghaerdydd ar ddydd Sadwrn ym Mhencampwriaeth y Pum Gwlad. Heddiw yw diwrnod mwya 'ngyrfa rygbi mor belled. Y bechgyn i gyd mewn hwyliau da ac yn hyderus y gallwn ni ennill y prynhawn 'ma. Y rhan fwyaf o'r sylwebyddion yn gweld yr Albanwyr yn ffefrynnau yn dilyn eu llwyddiant yn erbyn Iwerddon a Ffrainc. Dyma'n cyfle ni i geisio'u profi'n anghywir am unwaith.

Prynhawn dydd Sadwrn, 17eg o Chwefror
(CYMRU 14-YR ALBAN16)

Dyma gêm y dylen ni fod wedi'i hennill. Er ein mwyn ni'n hunain ac er mwyn yr hanner can mil o Gymry oedd wedi'u gwasgu i mewn i'r Stadiwm Cenedlaethol. Gan 'y mod i wedi sefyll yn y dorf i ganu a gwrando ar 'Hen Wlad Fy Nhadau' o'r bla'n doeddwn i ddim yn disgwyl y byddai'r profiad yn un gwahanol wrth sefyll ar y cae i ganu'n Hanthem Genedlaethol. Mae'r sŵn yn hollol wahanol wrth sefyll ond rhyw ugain llath oddi wrth weddill y dorf. Ces fy syfrdanu gan wefr y peth ac mae'n brofiad nad anghofia i byth. Dim ond gobeithio, yn dilyn canlyniad mor siomedig, y caf gadw fy lle yn y tîm. Dyna'r peth pwysica ar hyn o bryd. Meddwl am gadw'r gapteiniaeth yn eilbeth i 'nymuniad i aros yn y tîm.

Y Wasg a'r cefnogwyr yn honni mai dyma'r gêm fwya cyffrous iddyn nhw weld ers tro byd. Falle bod hynny'n wir ond, i ni ar y cae, roedd y profiad yn un erchyll wrth i ni ddod mor agos ac eto mor bell. Er na sgoriwyd yr un cais yn yr hanner cynta, roedd y chwarae'n gyflym a chyffrous ac rown i'n meddwl sawl gwaith ein bod ar fin croesi'u llinell nhw.

Rwy wedi cael digon o brofiad yn taflu'r bêl at Derwyn yn y llinellau ac erbyn hyn rwy wedi ennill digon o ymarfer taflu i mewn at Gareth Llewellyn. Yn ystod hanner cynta'r gêm heddi, rheolodd y ddau glo bethe i lansio'n hymosodwyr drosodd a thro. Roedd Justin Thomas yn anlwcus ddwywaith wrth gael ei daclo'n agos at linell gais yr Alban. Er na lwyddodd e i sgorio, dangosodd Justin ei fod e wedi anghofio'i gyfnod hunllefus yn Nhwicenham. Mae'n amlwg fod y bechgyn newydd, ifanc yn dygymod â'r pwysau wrth gynrychioli Cymru a dim ond mân frychau gollodd y gêm i ni heddi.

Er i Michael Dods gicio gôl gosb yn y munud cynta, roeddwn i'n ddigon hyderus wrth i ni ddangos ein doniau wrth ymosod yn ffyrnig. Methodd Arwel ag un gic gosb at y pyst ac yna llwyddo wedi 13 a 35 munud i'n rhoi ni 6-3 ar y bla'n.

Rwy'n argyhoeddiedig fod yr Albanwyr wedi'n twyllo ni a thwyllo'r dyfarnwr, Joel Dume o Ffrainc, gan gymryd gafael mewn pêl newydd o'r ffin yn hytrach na defnyddio'r bêl roedd Arwel yn ei defnyddio i gicio'r ail gôl gosb. Mae'n wir na ddylen ni fod wedi troi'n cefnau i ddathlu, ond doedd neb ohonon ni'n credu y gallai'r bêl iawn fod wedi'i dychwelyd i ganol y cae mor gyflym. Amharwyd yn anghyfreithlon ar rediad y canolwr profiadol, Scott Hastings, ac fe giciodd Dods ei ail gôl gosb i wneud y sgôr yn gyfartal, 6-6, ar yr egwyl.

Wrth i'r ddau dîm ddal i redeg â'r bêl ar bob cyfle, roedd hi'n argoeli'n dda am weld nifer o geisiau gwefreiddiol. Gôl gosb yr un i Dods ac Arwel oedd y ddau sgôr nesa, fodd bynnag, ac wedi awr gyfan o chwarae, roedd y ddau dim wedi cloi'n gyfartal ar 9-9. Daethom yn agos iawn dair gwaith yn fuan wedyn sy'n dangos pa mor agos y buon ni at ennill y dydd.

Ond, yn lle symud yn gyfforddus at fuddugoliaeth haeddiannol, aeth pethe o chwith ryw chwe munud cyn y diwedd. Y cawr o glo, Doddie Weir, ddechreuodd y peth trwy osod y bêl yng nghanol y cae. Bylchodd yr eilydd o asgellwr, Kenny Logan, yn dilyn pàs 'nôl mewn gan Gregor Townsend, y maswr. Boddwyd Jardine gan daclwyr Cymru yn amddiffyn yn gadarn. Rhoddwyd sgrym ymosodol i'r Alban ond rown i'n ffyddiog y byddai cyrch arall yn dymchwel ar graig ein taclo nerthol. Dim ond codi 'mhen o'r sgrym mewn pryd i weld y bêl yn cael ei throsglwyddo'n sydyn o law i law i roi cyfle i Townsend estyn ei fraich ar draws ein llinell gais a phum pwynt yn cael eu hychwanegu at gyfanswm yr ymwelwyr. Dods yn trosi i'w rhoi nhw saith pwynt ar y bla'n ac roedd pethe'n edrych yn ddu arnon ni.

Rown i'n dal i gredu y gallen ni sgorio ddwywaith i ennill ac roedd pawb yn barod am ymdrech fawr i dalu'r pwyth 'nôl i'r Albanwyr am fod mor hy â sgorio cais cynta'r gêm. Wrth i'r amser ddirwyn i ben, manteisiodd Howley ar bêl gyflym o linell fer i fwydo'r olwyr. Y ddau ganolwr Davies, Nigel a Leigh, yn cydweithio 'da Gwyn Jones i fwydo Justin yn rhuthro lan o'r cefn. Newidiodd Proctor ei ongl redeg ar yr asgell chwith i fylchu a chroesi am gais gwych bum llath o'r gornel. A 'na beth oedd yn allweddol i ganlyniad y gêm. Cais glasurol y'i cofir am flynyddoedd maith a chais a grewyd gan gyfuniad o sgiliau cynhenid y Cymry. Y cyfan yn arwain at yr uchafbwynt mwya gwefreiddiol posib.

Gwefreiddiol i'r dorf ond nerfus i Arwel. Oherwydd pwysau'r amddiffyn, gorfodwyd Wayne i osod y bêl lawr ond rhyw bumllath o'r lluman ac felly roedd yn rhaid i'n maswr geisio trosi fwy neu lai o ystlys chwith y cae. Ces gyfle i roi anogaeth iddo a dymuno lwc gyda'r gic. Am hanner eiliad pan esgynnodd y bêl i gyfeiriad y pyst rown i'n meddwl y byddai'n croesi'r trawst. Gwyrodd y bêl ychydig ar gefn yr awel a phasio heibio ar y chwith i'r gôl.

Chwibanodd y dyfarnwr yn union wedyn i orffen y gêm. Colli unwaith eto. Roedd y peth yn anghredadwy. Y teimlad poenus ein bod wedi gadael y cefnogwyr lawr. Ein stafell newid yn fwy diflas hyd yn oed na phythefnos 'nôl. Nigel Davies, ein canolwr profiadol o Lanelli, yn cytuno gyda chyn-fewnwr Cymru, Gareth Edwards, wrth honni fod Cymru wedi ennill sawl gwaith wrth chwarae'n llawer gwaeth na heddi. Mae Nigel yn chwaraewr pwysig iawn ymhlith yr olwyr, yn dactegwr heb ei ail ac yn creu'r lle i'w gyd-chwaraewyr fynegi'u hunain trwy'u chwarae. Mae'n dda 'da fi ddweud fod y ddau ohonon ni'n dal i gredu yn athroniaeth Kevin a'i gyd-hyfforddwyr ac mai rygbi agored a thrafod celfydd yw'r ffordd mla'n o hyd, er gwaetha'r canlyniad 'ma heddi.

Wrth i'r noson fynd yn ei bla'n y bechgyn yn cytuno fod cymaint o'r ymarfer cyn y gêm wedi dwyn ffrwyth wrth inni lwyddo i roi pwysau ar yr Albanwyr ar ganol y cae ond bod sawl symudiad wedi methu o drwch blewyn cyn cyrraedd y llinell gais. Chwaraeodd pawb eu rhan a Justin Thomas, Rob Howley a Gareth Llewellyn ymhlith y goreuon. Gwyn Jones yn dal i syfrdanu pawb gyda pherfformiad gwefreiddiol arall.

Y drafodaeth gyda'r nos yn canolbwyntio ar y ffaith fod *rhaid* i ni ennill yn Nulyn ymhen pythefnos. Does dim dwywaith nad yw'n patrwm chwarae'n datblygu ar y llinellau iawn. Dal ati, felly, gyda'r athroniaeth ymosodol yw hi i fod i ni, gan weithio'n galetach fyth ar orffen y symudiadau cyffrous sy'n diddanu'r dorf.

Cefais fy syfrdanu a'm siomi gan y cinio gyda'r nos. Pedwar cant o westeion yn y cinio. A phawb yn honni mai er budd y chwaraewyr oedd y peth? Dwi ddim yn credu i'r un aelod o'r ddau dîm fwynhau'r noson gymaint â hynny. Roedd 'na gynrychiolwyr o bob twll a chornel o Gymru yno. Rwy'n gweld yr angen i'r chwaraewyr fod yn llysgenhadon i'r gêm ond bydd rhaid i ryw drafodaeth ddigwydd cyn bo hir ynglŷn â'r math yma o beth.

Dydd Llun, 19eg o Chwefror

Y Wasg Gymreig wedi 'nghamddyfynnu i ac un neu ddau arall i ddiflasu a suro pethe ymhlith y garfan. Y ffôn yn grasboeth am ran o'r dydd wrth imi drafod y peth gydag un neu ddau o'r bechgyn a chywiro'r camddealltwriaeth. Y peth gwaetha yw fod yr ateb a rois i yn y gynhadledd i'r Wasg ar ôl y gêm ddydd Sadwrn wedi'i addurno a'i newid mewn modd sy'n achosi loes i aelod o'r garfan. Wedi'r trafodaethau ar y ffôn, does dim niwed parhaol wedi'i neud i ysbryd cyfeillgar y garfan. Un peth rwy am ei neud yn y dyfodol yw cadw'n glir o un aelod bradwrus o'r Wasg yng Nghymru!

Dydd Mawrth, 20fed o Chwefror

Ymarfer gyda'r clwb heno am y tro cynta ers oes pys. Cyfle, a bod yn onest, i ymlacio rywfaint yng nghanol holl bwysau'r tymor rhyngwladol. Dim pwysau capteniaeth arna i yn y clwb ac mae hynny'n 'y ngalluogi i ganolbwyntio ar chwarae fy ngêm fy hunan. Roedd Ieuan, mae'n debyg, yn arfer teimlo'r un fath pan oedd e'n gapten Cymru. Roedd mynd 'nôl i Lanelli'n rhoi chyfle iddo ganolbwyntio ar ei waith o sgorio ceisiau i'r Crysau Sgarlad heb gael y cyfrifoldeb tactegol.

Paratoi ar gyfer y gêm gwpan yn erbyn Abertawe ddydd Sadwrn. Ar ôl ein llwyddiant yn y Gynghrair yno ym mis Medi, rŷn ni'n hyderus y gallwn ni symud mla'n yn gyfforddus i'r rownd nesa a llwyddo, efalle, i ennill y ffeinal ym mis Mai. Gan nad oes gan Abertawe gynrychiolydd yn y tîm cenedlaethol ar hyn o bryd, bydd dau neu dri o'u bechgyn nhw am brofi pwynt. O'm rhan i, wrth gwrs, bydd y gystadleuaeth bersonol rhyngddo' i a Garin Jenkins am safle'r bachwr yn nhîm Cymru yn siŵr o ddenu sylw'r cefnogwyr, y Wasg a'r dewiswyr.

Dydd Mercher, 21ain o Chwefror

Ymarfer gyda'r garfan genedlaethol heno. Gan fod y rhan fwya ohonon ni yng nghanol paratoi ar gyfer gêmau cwpan dydd Sadwrn, doedd dim angen sesiwn rhy gorfforol ar neb. Canolbwyntiwyd ar ymarfer symudiadau arbennig. Un o'n trafferthion penna yw delio â chiciau i gychwyn ac ailgychwyn y gêm. Gorfodwyd ni i wynebu hanner cant o giciau tebyg heno. Erbyn y diwedd, rown i'n teimlo'n ddigon hyderus fod y gallu 'da ni i ddelio 'da phob math o gic.

Un peth sy wedi 'nharo erbyn hyn yw'r ffaith fod y bechgyn yn tyfu'n fwy parod i drafod pethe, yn gryfderau neu'n wendidau. Wrth inni ddod i nabod ein gilydd yn well, mae'r sgwrs yn fwy agored. Does dim ofn ar neb i ddweud ei ddweud heb flewyn ar dafod. Mae'r awyrgylch yn gwella bob tro rŷn ni'n cwrdd a'r cyfan y gallwn obeithio amdano nawr yw y bydd yr agosatrwydd yn esgor ar ganlyniadau gwell o hyn mla'n. Does dim amheuaeth nad yw pawb yn y garfan yn chwarae dros ei gilydd . . . a dros Gymru, wrth gwrs. Rhywbeth sy'n bwysig iawn i'r rheiny sy ond ar gyrion y tîm ar hyn o bryd yw gweld ffor' mae bois fel Justin, Leigh, Arwel a Rob ymhlith yr olwyr ac Andrew, Gwyn a finne wedi llwyddo ar ôl bod yn amyneddgar cyhyd. Ma' nhw'n gweld y gall fod 'na ddyfodol rhyngwladol disglair o'u bla'n.

Dydd Gwener, 23ain o Chwefror

Cynhadledd i'r Wasg ar ran Undeb Rygbi Cymru i gyhoeddi fod Cronfa'r Mileniwm am roi £46m i ailadeiladu'r Maes Cenedlaethol. Mae'r holl beth yn syfrdanol ac roedd gweld cynlluniau'r penseiri yn anhygoel. Y cwestiwn cyson i fi oedd a oeddwn i'n edrych mla'n at arwain tîm Cymru yn ein hymgyrch i ennill Cwpan y Byd yn y Stadiwm newydd ym 1999. Cwestiwn digon dwl, a dweud y gwir. Wrth gwrs fe fyddwn wrth 'y modd yn cael bod yn y sefyllfa o gael arwain Cymru hyd at y gystadleuaeth honno. Ar y llaw arall, pwy wyf inne i hawlio lle'n y garfan, heb sôn am y tîm, erbyn hynny? Mae'r cyfan oll yn nwylo'r hyfforddwyr a'r dewiswyr ac yn rhy bell o lawer yn y dyfodol i gymryd y syniad o ddifri.

Bore dydd Sadwrn, 24ain o Chwefror

Bore hamddenol gartre heb orfod brysio am fod y gic gynta'r prynhawn 'ma yn erbyn Abertawe am 4.30 er mwyn darlledu'r gêm yn fyw ar y teledu. Dwi ddim yn teimlo'n nerfus o gwbl ynglŷn â'r canlyniad. Ydw rwy am inni ennill a symud mla'n i'r rownd nesa; rwy'n ddigon ffyddiog y gwnawn ni hynny. Ond, yn bwysicach o lawer yn bersonol yw osgoi anafiadau er mwyn cadw'n ffit ar gyfer y gêm yn erbyn Iwerddon ddydd Sadwrn nesa. Bydd yn anodd ailafael yn naws tîm Cymru wythnos 'nôl ar gyfer gêm i'r clwb. Gobeithio na fydd y diffyg ddim yn amharu ar allu'r bechgyn sy'n y garfan genedlaethol i ennill heddi.

Prynhawn dydd Sadwrn, 24ain o Chwefror

(Abertawe 9-Caerdydd 20)

Gêm ddiflas o ran safon y sgiliau. Doedd hi ddim yn teimlo'n hanner mor gyflym â'r ddwy gêm ryngwladol ddiwetha. Unwaith neu ddwy yn unig trwy gydol y gêm rown i'n brin o anadl. Yn hollol wahanol i rygbi rhyngwladol. Mae'n amlwg, felly, fod fy ffitrwydd wedi cyrraedd rhyw uchafbwynt newydd wrth i fi orfod cystadlu 'da rhai o oreuon y gêm yn Ewrop.

I raddau helaeth roedd penderfyniadau tactegol Abertawe'n ychwanegu at wneud pethe'n weddol gyfforddus i Gaerdydd ac i minne. Ma' 'na dacteg wedi datblygu'n ddiweddar lle ma' timau'n ceisio ennill ceisiau cosb trwy ganolbwyntio ar sgrym gref yng nghyffiniau '22' eich gwrthwynebwyr. Rwy'n gweld y peth yn sinicaidd a pheryglus iawn i iechyd y chwaraewyr sy'n ennill eu crystyn yn y rheng fla'n. Am ryw reswm, penderfynodd Abertawe fabwysiadu'r dacteg cyn yr egwyl heddi a thrwy neud hynny, chwarae i mewn i'n dwylo ni. A thri chwaraewr rhyngwladol yn ein rheng flaen ni (Andrew, finne a Lyndon), doedd 'na fawr o obaith 'da nhw i dorri'n sgrym ni. Nawr, ma' tipyn o barch 'da fi at chwarae Garin a'i ddau brop, Christian Loader a Keith Colclough, ond fe fyddwn i'n teimlo y byddai'u hyfforddwyr nhw'n gweld mai gobaith prin iawn oedd 'na iddyn nhw lwyddo 'da'r fath dacteg.

Adrian gafodd y fraint o sgorio pwyntiau cynta'r gêm: cic gosb i'n gosod ni driphwynt ar y bla'n. O fewn y deuddeng munud nesa ceisiodd Aled Williams, maswr Abertawe, bedair gwaith i gicio gôl gosb ond methiant oedd ei ffawd bob tro. Do, fe lwyddodd Aled i ddod â'r sgôr yn gyfartal pan giciodd e gôl yn amser anafiadau ar ddiwedd yr hanner ond doeddwn i ddim yn gweld Abertawe'n ennill o hynny mla'n.

Rheolodd Derwyn a John Wakeford y llinellau (gyda chymorth ambell dafliad cywir gan JH!) i roi'r lle a'r cyfle i Adrian ddangos ei ddoniau. Bu bron i ddau rediad gan ein maswr arwain at sgôr ond bu'n rhaid i ni fodloni ar ddwy gôl gosb arall ganddo i'n rhoi ni 9-3 ar y bla'n. Wedi i Aled gicio gôl gosb arall, manteisiodd Mike Hall ar y cyfle i greu unig gais y gêm. Newidiodd Hall gyfeiriad ein hymosod o sgrym i'r ochr dywyll cyn bwydo Nigel Walker i roi cyfle i'n gwibiwr groesi am gais yn y gornel.

Doedd dim ffordd 'nôl i Abertawe nawr ac fe gyfnewidiodd y ddau faswr gôl gosb yr un cyn i Jonathan Davies goroni'r cyfan wrth gicio gôl adlam pan gafodd e'i hunan yn safle'r maswr. Rhaid cyfadde i Jonathan chwarae'i gêm orau i Gaerdydd heddiw ac roedd ei sgôr ar ddiwedd y gêm yn dangos pa mor awdurdodol yw e ar y cae o hyd pan fo angen.

Roedd y daith 'nôl i Gaerdydd yn un hapus iawn a phawb mewn hwyliau da. Edrych mla'n nawr i weld pwy fydd ein gwrthwynebwyr yn rownd nesa'r cwpan. Edrych mla'n hefyd, wrth gwrs, at ddydd Sadwrn nesa pan fydd rhaid codi'r cyflymdra unwaith eto a cheisio rhoi coten i'r Gwyddelod ar eu tomen eu hunain.

Dydd Sul, 25ain o Chwefror

Dyfarnu gêm gyfeillgar y prynhawn 'ma i godi arian i hen gyfaill, Roderick Thomas, sy'n diodde o gancr. Ffrind arall, Brendan Roach, drefnodd y diwrnod a'r peth lleia y galla i neud yw rhedeg o gwmpas yn chwibanu a chadw trefn ar bethe. Dim modd i fi chwarae gan fod 'na lai nag wythnos cyn gêm ryngwladol. Roderick yno i dderbyn dymuniadau gorau nifer o'i ffrindiau o gwmpas ardal Mynydd Cynffig a phob un ohonon ni'n falch i'w weld e. Gobeithio nawr y gall rhywbeth ddigwydd i'w helpu at wellhad llwyr. Codwyd £1,500 i Roderick ac, i raddau yn sgil ei salwch e, rwy wedi cael nifer o wahoddiadau i gyfrannu'n ymarferol at godi arian i elusennau sy'n rhoi cymorth i rai'n diodde o gancr. Mae'n anrhydedd i gael 'y newis i neud y fath beth pan fo amser yn caniatáu.

Dydd Llun, 26ain o Chwefror

Cyfarfod gyda rhywun sy'n arbenigo mewn hyfforddiant lleferydd ar gyfer rhoi anerchiadau cyhoeddus. Ydy, mae'n swnio'n beth dwl i'w neud ond dysgais dipyn yn ystod y wers. Doedd 'na ddim diffyg hyder 'da fi o'r bla'n ond fe fydda i'n llawer mwy hyderus o hyn mla'n.

Hyfforddi 'da charfan Cymru heno ac roedd hi'n wych cael bod 'nôl gyda nhw eto ar ôl ychydig ddiwrnodau 'da'n clybiau. Dim gormod o waith corfforol am fod nifer wedi magu cleisiau ac amrywiol friwiau dros y penwythnos. Awyrgylch hapus a hyderus o fewn y garfan a phawb yn edrych mla'n at y daith i Ddulyn.

Dydd Mawrth, 27ain o Chwefror

Fy mhen-blwydd! Yn saith ar hugain oed. Heblaw am dderbyn ambell gerdyn trwy'r post ac yn y swyddfa'n yr Athrofa, doedd 'na fawr o wahaniaeth rhwng heddiw ac unrhyw ddiwrnod arall. Gwaith wrth 'y nesg yn fy swydd fel Swyddog Datblygu gyda'r Undeb yn y bore ac yna codi tipyn o bwysau'n y gampfa'n y prynhawn.

Rhaid cyfadde i Kate a minne fynd mas am swper gyda Stuart Roy a'i gariad. Daeth fy rhieni draw â nifer o gardiau ac anrhegion o gartre yn ardal Mynydd Cynffig. Erbyn diwedd y dydd roedd 'na nifer o grysau newydd i'w gwisgo ynghyd â phentwr o bethe ymarferol ar gyfer y tŷ. Llestri a phethe tebyg oddi wrth Mam i neud yn siŵr fod ei mab sy 'di symud i'r Ddinas Fawr yn bwyta'i fwyd ar blatiau parchus!

Dydd Mercher, 28ain o Chwefror

Sesiwn ymarfer gyda charfan Cymru. Ambell gamgymeriad elfennol yn amharu ar bethe ond yr hyder yn dal i dyfu. Pawb yn teimlo taw'n tro ni yw hi nawr i gael y lwc i gyd ar ôl yr anlwc yn erbyn yr Alban.

Pawb yn edrych mla'n at deithio draw fory ac i chwarae ddydd Sadwrn.

Dydd Iau, 29ain o Chwefror

Aros yng Ngwesty'r Westbury yng nghanol Dulyn. Cyfleus iawn ar gyfer holl adnoddau Prifddinas Iwerddon. Wrth fynd am dro gyda'r hwyr, sylweddoli bod ein cefnogwyr wedi dechre cyrraedd yn barod. Yn ôl y Wasg disgwylir i 25,000 a mwy o Gymry ddod draw am y gêm, er taw ond rhyw 5-6,000 sy'n berchen ar docyn.

Roedd hi'n anhygoel i adael maes awyr Caerdydd, lle'r oedd 'na gannoedd o Gymry'n dymuno lwc dda i ni! Ambell un yn honni nad yw ennill mor bwysig â chwarae rygbi agored. Hoffwn wybod beth fyddai'u hymateb petaen ni'n colli eto ddydd Sadwrn wedi chwarae rygbi gwefreiddiol.

Dydd Gwener, Dydd Gŵyl Dewi

Sesiwn ymarfer wedi'i drefnu ar gyfer y bore yn ardal Blackrock, rhyw ddeng munud o'r gwesty. Yn anffodus, collodd gyrrwr y bws ei ffordd. Cyrraedd y lle cywir awr gyfan wedi i ni adael y gwesty a neb yn cwyno. Jôcs am Wyddelod yn ein difyrru trwy gydol yr antur. Gobeithio na chlywodd y gyrrwr y rhai mwya cas!

Yr ymarfer yn mynd yn dda a phob aelod o'r garfan

yn cyfrannu. Sawl un yn trafod ffor' mae'r nerfusrwydd yn lleihau wrth i ni chwarae fwy o gêmau 'da'n gilydd. Ma'r awyrgylch ymhlith y bechgyn yn wych. Rhyw ddiwrnod cyn bo hir bydd rhywun yn teimlo'r lach wrth chwarae yn ein herbyn. Dim ond i bopeth syrthio i'w briod le ar y diwrnod.

Ar ddiwedd y dydd, ymweliad â'r sinema cyn cael noswaith dawel arall.

Bore dydd Sadwrn, 2ail o Fawrth

Codi am naw o'r gloch ar fore sych a rhywfaint o haul. Dim glaw yw'r addewid tan yn hwyr y prynhawn a'r gobaith yw am gae sych ar gyfer gêm agored. Brecwast hamddenol cyn cyfarfod â phawb am ddeg o'r gloch. Yr hen nerfusrwydd wedi dod 'nôl i gnoi unwaith eto. Lladd amser yw'r broblem ar fore fel heddi. Amhosib canolbwyntio digon i ddarllen llawer ac felly rhyw bwt o deledu neu radio ar ôl cael cipolwg ar beth o'r papurau.

Wrth gerdded trwy gyntedd y gwesty'n hwyrach yn y bore, roedd fel petai hanner Cymru wedi symud i mewn gyda ni. Lleisiau'n bloeddio'u dymuniadau gorau'n cael eu boddi gan eraill yn gofyn am docynnau sbâr!

Trafodaeth funud ola ymhlith y blaenwyr ynglŷn â rhai o'n tactegau'n y llinellau a'r chwarae rhydd. Nifer o bethe wedi'u hymarfer yn barod ond penderfynu ar un neu ddau beth wrth ymateb i'r tywydd ac un neu ddau beth arall sy'n ein poeni ni flaenwyr clyfar! Beth? Oes 'na rywun yn ein cyhuddo o fod yn asynnod twp? Fe alla i'ch sicrhau fod 'na drafodaeth athronyddol ddwys yn digwydd tra'ch bod chi'n meddwl nad ŷn ni'n neud dim byd mwy na gwthio mewn sgrym a sgarmes!

Prynhawn dydd Sadwrn, 2ail o Fawrth
(IWERDDON 30-CYMRU 17)

Dyma oedd Y siom fawr. Wedi dod i Ddulyn yn disgwyl ennill, ac ennill yn gyfforddus, falle, roedd y prynhawn 'ma'n anghredadwy o ddiflas. Unwaith eto, chwaraeon ni rygbi agored gwefreiddiol. Ni hefyd, fodd bynnag, gyflawnodd y rhan fwyaf o'r camgymeriadau yn ystod y gêm i roi'r cyfle i'r Gwyddelod fanteisio ar ein naïfrwydd drosodd a thro.

Doedd 'na ddim unigolyn ar fai. Gêm i dîm o bymtheg chwaraewr yw rygbi. Os oes 'na lwyddiant, ma' pawb yn rhannu yn y clod a'r gorfoledd. Os colli, beier pob un ohonon ni ac ma' 'na hawl i bob un ei ddiflastod.

Wedi dweud hynny, rown i'n teimlo fod y dyfarnwr ar fai ar brydiau. Cosbwyd ni lawer mwy na'r Gwyddelod ac roedd hi'n anodd i mi gyfathrebu gyda M.Didier Mene o Ffrainc os oedd 'da fi gwestiwn am benderfyniad amheus. Mae'n amlwg y bydd rhaid i mi ddysgu mwy o Ffrangeg ar gyfer y dyfodol er mwyn osgoi problemau fel heddi. Hyn i gyd ar ben gorfod dysgu Cymraeg!

Cafodd Arwel glatsien ddamweiniol yn ei wyneb gan

gefnwr Iwerddon, Simon Mason, yn y munudau cynta. Er i'r meddygon benderfynu'i fod e'n ddigon ffit i aros ar y cae mae'n amlwg erbyn hyn nad oedd e'n ei hwyliau gorau am weddill y prynhawn. Wedi pum munud o chwarae, methodd Arwel â chic i'r ystlys i roi cyfle i David Humphreys (dim perthynas!) i gicio'n hir dros ein llinell gais. Roedd hi'n edrych fel petai Proctor yn saff o fedru gosod y bêl lawr am gic o'n '22' i ailgychwyn y gêm. Rhywfodd neu gilydd, llamodd y bêl bant o afael Wayne a 'na lle'r oedd yr hen gadno, Simon Geoghan, i'w chyrraedd a sgorio cais agoriadol y prynhawn.

O fewn deuddeng munud roedden ni ar y bla'n wrth i Ieuan groesi wedi bylchiad Leigh a rhediad twyllodrus Justin yn denu'r rhelyw o amddiffynwyr i gyfeiriad arall. Arwel yn trosi i'n rhoi ni ar y bla'n ac rown i'n teimlo'n bod ni ar y trywydd iawn.

Daliwyd Howley'n camsefyll ychydig funudau'n ddiweddarach i roi cyfle i Mason agor ei gownt dros ei wlad. 8-7 i Iwerddon. Arwel yn methu â chanfod yr ystlys â chic arall. Niall Woods, yr asgellwr chwith yn dal y bêl, ei chicio mla'n ac yn ei rheoli rywsut-rywfodd i sgorio cais a Mason yn trosi. Rwy'n pwysleisio'r 'rhywsut-rywfodd' achos rwy'n credu bod 'na bosibilrwydd y dylai'r dyfarnwr fod wedi'n gwobrwyo â sgrym pan gyrhaeddodd Woods y bêl a chael trafferth i'w rheoli. Beth bynnag, penderfyniad y dyfarnwr oedd bod y sgôr yn deilwng. 15-7 i Iwerddon a chwarter awr i'w chwarae cyn yr egwyl.

Collodd Woods y bêl wrth redeg at y gornel ac roedd pac y Gwyddelod yn pwyso'n drwm wrth i'r hanner cynta orffen. Rown i'n disgwyl gwelliant wedi'r egwyl gan fod y gwynt y tu cefn i ni. Falle'n chwythu'n ysbeidiol ond eto'n elfen bwysig i atgyfnerthu'r ymdrech fawr i ddod.

Gôl gosb Arwel yn cael ei hateb gan un arall Mason. Ein rygbi gwefreiddiol gorau'n cael ei wobrwyo wedyn wrth i Hemi arwain gwrth-ymosodiad o'n llinell ddecllath ein hunain. Naw pâr o ddwylo'n trafod y bêl yn ddeche i ryddhau Ieuan am ei ail gais. Sylw mawr wedi'i roi'n ddiweddar i'r ffaith nad oedd Ieuan erioed wedi sgorio cais oddi cartre ym Mhencampwriaeth y Pum Gwlad. Claddwyd 'rhen fwgan yna unwaith ac am byth yn Nulyn y prynhawn 'ma. Trosiad Arwel yn dod â'r sgôr i 18-17 a ni a'n cefnogwyr yn dechre meddwl fod pethe ar fin troi am y gore.

Gweddnewidiwyd y gêm o fewn tri munud wrth i'r Gwyddelod benderfynu chwarae'r dacteg newydd 'ma o fynd am geisiau cosb a chadw pethe'n dynn iawn. Roedden nhw'n lladd y bêl yn gyson a hynny, yn y bôn, achosodd y dryswch mwya i ni. Pàs fer Niall Hogan, mewnwr a chapten Iwerddon, yn rhoi cyfle i'r ailrengwr, Gabriel Fulcher, ruthro trwy'n hamddiffyn am gais gafodd ei drosi gan Mason. Methodd y maswr, Humphreys, ag ymdrech am gôl adlam ychydig yn ddiweddarach ond roedd eu blaenwyr nhw'n rhuthro fel teirw wrth synhwyro buddugoliaeth. Tra oedden ni wedi dod i Ddulyn i drafod y bêl, roedd y Gwyddelod yno i ennill. Neb yn gofidio am ddifyrru'r dorf. Pob aelod o'u tîm yn barod i farw dros ei wlad. 'Na'r math o benderfyniad sy angen i ni'i fagu a'i weu i'n chwarae celfydd. Cais hwyr gan eu blaenasgell, David Corkery, yn rhwbio halen i'r briw a 'na ni'n ôl i stafell newid ddiflas unwaith eto.

Fe ddaw'r dur i gryfhau'n chwarae. Does dim amheuaeth am hynny. Datganiad Kevin Bowring a'i gyd-hyfforddwyr heno eto i'r perwyl ein bod ni'n parhau'n ymrwymedig i gêm agored, ac yn dal i gredu'n bod ni ar y trywydd iawn. Oes, ma 'na wendidau'n y tîm ac mae angen eu dileu. Ma'r pwysau'n dal i dyfu arnon ni ond rwy'n ffyddiog na fydd pethe'n parhau'n ddiflas i'n cefnogwyr. Rown i bron â'u disgrifio'n amyneddgar ond mae'n amlwg erbyn hyn fod yr amynedd wedi pylu rywfaint.

Anodd heno oedd gorfod gwenu a bod yn serchus yn y cinio. Rwy'n fodlon canmol y Gwyddelod am ennill eto heddi ond os yw'r holl bwysau 'ma'n cael ei osod ar ysgwyddau chwaraewyr rhyngwladol, yna mae'n rhaid rhoi cyfle i ni osgoi'r llifoleuadau am gyfnod wedi diflastod fel heddi.

Dydd Sul, 3ydd o Fawrth

Cyrraedd 'nôl gartre yng Nghaerdydd a'r diflastod yn parhau. Dwi ddim yn teimlo awydd gadael y tŷ am ddiwrnodau. Pwy a ŵyr, falle fod 'na deimladau ac emosiynau gwahanol i'w profi a'u blasu ar ôl ennill gêm fawr. Heno, fe rown i'r byd am gael y fath brofiad.

Y gwaetha yw fod 'na gymaint yn diystyru'n gobeithion am guro Ffrainc wythnos i ddydd Sadwrn. Er na all fwy nag un neu ddau aelod o'r garfan fod yn sicr o'u lle'n y tîm bellach, mae'r drafodaeth ymhlith y bechgyn wedi troi o gwmpas y Ffrancwyr yn barod.

Cytundeb cyffredinol nad yw buddugoliaeth mas o gyrraedd Cymru. Cofier i'r rhan fwyaf o'r Wasg a'r sylwebyddion eraill yma yng Nghymru addo buddugoliaeth i Gymru yn erbyn y Gwyddelod i'w darllenwyr. Falle os byddan nhw'n proffwydo buddugoliaeth i Ffrainc y tro 'ma taw ni fydd yn ennill y dydd – o'r diwedd!

Wrth ddod 'nôl trwy'r ddau faes awyr heddi, gyda llaw, roedd pethe mor wahanol i ddydd Iau. Roedd hi fel y bedd. Neb o'r cefnogwyr yn siarad. Pob un ohonon ni'n ysgymun. Ma' cofio am hynny eto heno 'nôl gartre'n ailagor y briwiau. Bydd hi'n fwy anodd cysgu heno na neithiwr. Ac roedd neithiwr, neu'r bore 'ma a dweud y gwir, yn noson ddigon diflas.

Dydd Llun, 4ydd o Fawrth

Gorfod codi am hanner awr wedi chwech i ddal y trên i Lundain. Cyfarfod o'r Bwrdd Rygbi Rhyngwladol a nifer o chwaraewyr blaenllaw a ni gapteiniaid cenedlaethol wedi'n gwahodd i gynnig ein sylwadau ar y datblygiadau diweddar. Anodd aros ar ddi-hun ar y trên ac, o bryd i'w gilydd, yn y cyfarfod. Tipyn o synnwyr cyffredin o wefusau'r chwaraewyr. Nifer o bwyntiau o sylwedd yn dangos fod 'na griw ohonon ni sy'n cydweld ynglŷn â materion o bwys i'r chwaraewyr sy hefyd er budd y cefnogwyr yn y pen draw. O leia, rwy'n cael gadael Caerdydd dros nos. Trist yw gorfod nodi rhywfaint o lawenydd wrth orfod gwneud hynny ond rwy'n hapus i gael dianc rhag y wynebau hirion sy'n ceisio f'osgoi i ar y strydoedd.

Cyfle i ddarllen papurau newydd Cymru a Llundain tra 'mod i ar y daith ac yn y gwesty dros nos. Chwerthinllyd! Dyna'r unig air sy'n dod i'm meddwl wrth ddarllen gwaith ambell sylwebydd. Does 'da rhai o'r bois 'na ddim syniad am y gêm.

Weithiau, fe welwch un sylwebydd yn canmol rhyw chwaraewr i'r cymylau tra bydd cydymaith iddo ar yr un papur yn gwawdio ymdrechion tila'r un chwaraewr. Rhybuddiodd Alex ni yng nghlwb Caerdydd dro yn ôl i beidio â darllen y papurau. Falle 'mod i wedi bod yn ffôl i gymryd cyhyd i ddilyn ei gyngor ond ma' cynnyrch y penwythnos 'ma wedi fy argyhoeddi fod Alex, fel arfer, yn llygad ei le.

Dydd Mercher, 6ed o Fawrth

Arhosais yn y tŷ trwy'r dydd i ddelio â mynydd o waith papur. Caeais lenni ffrynt y tŷ a throi'r peiriant ateb mla'n. Ydw, rwy'n diodde. Rwy'n siŵr fod 'na bobl yn siarad y tu ôl i 'nghefn. *"Edrychwch arno fe. Galw'i hunan yn Gapten Cymru! Meddyliwch! Y ffŵl gwirion 'na'n credu'i fod e'n ddigon da i fod yn gapten ar dîm rygbi Cymru!"*

Anodd i rai gredu, falle, ond roedd angen un neu ddau beth arna i o'r archfarchnad leol yn hwyr yn y prynhawn. Do, bûm yn ddigon dewr i neud hynny ond dim ond wedi i mi guddio 'mhen o dan het! Na, dwi byth yn gwisgo het o unrhyw fath ond roedd 'na rywbeth o gwmpas y tŷ a gwyddwn y gwnâi unrhyw beth y tro i 'nghadw'n anhysbys. Gobeithio na fydda i'n teimlo mor ddiflas â hyn yn hir iawn.

Ymarfer sgrymio gyda'r garfan genedlaethol. Hanner cant o sgrymiau o'r bron. Sgrym Cymru yn erbyn sgrym Tim 'A' Cymru. Mae'n ymddangos nad yw'r tîm yn erbyn Ffrainc yn mynd i gynnwys llawer o newidiadau. Wedi dweud hynny, roedd 'na un neu ddau o bac y Tîm 'A' yn gwneud eu gorau i aflonyddu ar ein sgrym ni. Am ddefnyddio'r cyfle i'n herio am le ar gyfer y gêm fawr.

Dwi ddim yn siŵr a yw sesiwn fel heno o fudd mawr i ni nac i'r dewiswyr. Yn hytrach, rwy'n dueddol i gredu fod y fath sesiwn yn gallu creu mwy o broblemau nag sy'n cael eu datrys. Y peth mawr dros y deng niwrnod nesa yw i ni gadw'n pennau a pheidio â gwylltu. Dwi ddim yn credu fod 'na lawer o'i le ar ein sgrym ni. Y peth pwysig yw i'r wyth ohonon ni wthio'n pwysau. Ar ôl gwylio'r fideo o'r gêm yn Nulyn, mae'n amlwg nad yw pob aelod o'r sgrym yn ymroddedig i'r ymdrech. Rhaid cydnabod ein ffaeleddau a'u cywiro.

Mewn sesiwn ymarfer fel heno, roedden ni'n symud o un sgrym i'r nesa'n ddi-baid. Roedd yr holl beth yn rhy ffug at 'y nant i. Yr hyn sydd ei angen arnon ni yw'r ddisgyblaeth i ganolbwyntio ym mhob sgrym – hyd yn oed os oes 'na bum munud a mwy ers y sgrym ddiwetha. Ma' isie i ni adeiladu ar y ddisgyblaeth i sicrhau na fydd hunlle debyg i honno yn Nulyn yn digwydd eto.

Dydd Iau, 7fed o Fawrth

Cyhoeddwyd y tîm i chwarae'n erbyn Ffrainc. Gareth Thomas o Ben-y-bont, yn lle Proctor, Neil Jenkins yn lle Arwel a Christian Loader yn brop wrth f'ysgwydd yn lle Andrew Lewis. Rwy'n cydymdeimlo'n fawr ag Andrew. Fe yw bwch dihangol y pac yn sgil y gwendidau yn ein sgrymio'n y tair gêm ddiwetha. Ond, fel rwy wedi sôn o'r bla'n, ma'r gwendidau'n tarddu'n bellach 'nôl yn y sgrym.

Cynhadledd i'r Wasg i gyhoeddi'r tîm. Am unwaith doedd 'na ddim llawer o gwestiynau dwl. Rwy wedi cyfarwyddo erbyn hyn â'r ffaith fod 'na sylwebyddion blaenllaw heb unrhyw brofiad o chwarae rygbi. Mae'n amlwg i fi nad yw llawer o'r wasg yn darllen y llyfr rheolau o dymor i dymor.

Ymarfer gyda Chaerdydd heno. Mae'n braf gweld y bechgyn unwaith eto, ond rwy'n falch nad wy'n chwarae'n erbyn Glynebwy ddydd Sadwrn. Er i ni gael tipyn o drafferth yn eu herbyn nhw'n gynharach yn y tymor, dwi ddim yn credu y bydd yr un problemau'n codi'r tro 'ma.

Dydd Sadwrn, 9fed o Fawrth
(Caerdydd 16-Glynebwy 13)

Rhedeg gyda Nigel Walker yn ystod y bore. Ie, fi, y blaenwr trwm, yn rhedeg nerth 'y nhraed gyda'r gwibiwr Olympaidd! Edrych ar ei gefn e wnes i, wrth gwrs. Doedd dim gwahaniaeth am hynny. Y peth pwysig oedd i mi gael cyfle i weithio ar agwedd wahanol o gadw'n heini.

Mewn i'r gampfa wedyn i godi pwysau am awr. Y cyfuniad o'r rhedeg a'r codi pwysau wedi 'mharatoi ar gyfer gwaith caled y prynhawn: gwylio Caerdydd yn chwarae'n erbyn Glynebwy'n y bencampwriaeth.

Do, fe gafodd y bechgyn dipyn o drafferth i ennill wedi'r cyfan. Dim ond yn ystod y munudau ola y ciciodd Jonathan Davies y gôl i sicrhau buddugoliaeth i ni. Un cais yn unig i ni, gan Gareth Jones, y canolwr. Ar ddiwrnod fel heddi, mae'n anos gwylio na chwarae. I ddathlu'r fath fuddugoliaeth glòs, doedd dim amdani ond mynd i siopa! Prynu pâr o jins a siwmper newydd.

Dydd Mawrth, 12fed o Fawrth

Ymweliad â'r meddyg yn gynnar yn y bore gan fod 'na annwyd go drwm arna i. Dyma'r peth d'wetha ma' rhywun ei eisiau mor agos at gêm fawr. Gwrthfiotig cryf yw ateb y meddyg a diwrnod gartre ar 'y mhen fy hunan. Dim byd amdani felly ond galw heibio i'r siop fideos ar y ffordd gartre! Treulio gweddill y dydd o fla'n y bocs ac yn darllen rywfaint. Ond dim papurau!

Dydd Mercher, 13eg o Fawrth

Ymarfer ysgafn ar y Maes Cenedlaethol. Does dim angen llawer o waith corfforol arnon ni nawr. Gwaith ar seicoleg pawb sy angen. I'n perswadio i gredu y *byddwn* yn ennill. Haws dweud na gwneud!

Pen-blwydd Kate yn un ar hugain ddydd Gwener ac, o'r diwedd, rwy wedi cael gafael yn y math o emwaith ambr mae'n hoffi. Gan y bydda i'n brysur ddydd Gwener yn paratoi ar gyfer y gêm, ma' hi'n galw heibio nes mla'n er mwyn cael *gweld* yr anrheg. Er y bydd yr elfen o syrpréis yn diflannu, does dim modd trefnu pethe'n wahanol.

Nhad yn galw heibio heno hefyd ag anrhegion 'y nheulu inne. Cyfle iddo hefyd, wrth gwrs, i gasglu'r tocynnau ar gyfer dydd Sadwrn. Erbyn hyn, mae e wedi diflasu â'r holl feirniadaeth ohono' i yn y Wasg. Fel fi, mae e wedi cael hen ddigon ar ambell ran o'r Wasg. Heno, roedd e'n sôn ei fod wedi penderfynu gwrthod prynu'r *Western Mail*. Gan iddo deimlo ynghlwm wrth y papur ers ei ddyddiau bocsio pan oedd e'n ifanc, mae e'n gweld hi'n chwithig heb ei bapur dyddiol arferol.

Dydd Iau, 14eg o Fawrth

Ymarfer gweddol ysgafn heno eto wedi i'r garfan ymgynnull yng Ngwesty'r Copthorne. Sgwrs Alan Lewis wedi'i llunio i'n hysbrydoli trwy gadarnhau'i deimladau'n bod ni'n agos at yr hyn mae e a Kevin yn anelu ato yng nghyd-destun rygbi Ewrop. Ar un adeg yn pwysleisio nad maint y ci sy'n ymladd sy'n bwysig, ond yn hytrach, maint yr ymladd yn y ci. Rwy'n cytuno'n llwyr 'da'i athroniaeth e. Pwy a ŵyr? Falle y bydd 'na ddigon o ymladd ynon ni ddydd Sadwrn i roi'r Ffrancod yn eu lle.

Dydd Gwener, 15fed o Fawrth

Ymarfer ola Pencampwriaeth y Pum Gwlad. Ma'r tymor rhyngwladol wedi carlamu heibio. Sawl sylwebydd wedi nodi'n barod, wrth gwrs, fod Cymru wedi colli wyth gêm o'r bron yn y Bencampwriaeth am y tro cynta erioed. Rhaid i ni'u rhoi nhw'n eu lle a dangos ein bod ni dipyn yn well na'n canlyniadau hyd yn hyn.

Bore dydd Sadwrn, 16eg o Fawrth

Chysgais i fawr ddim neithiwr. Er 'y mod i a gweddill y bechgyn yn benderfynol o ennill y prynhawn 'ma, mae'n amlwg nad yw f'isymwybod yn derbyn hynny.

Rwy wedi ceisio siarad â phob aelod o'r garfan yn unigol dros y dyddiau diwetha. Nawr rhaid cynllunio araith i'w hysbrydoli nhw gyda'i gilydd yn ddiweddarach y bore 'ma a hefyd yn union cyn i ni adael y stafell newid i redeg mas i'r cae. Gobeithio y caf lwyddiant gyda'r cynllunio a gyda'r areithio. Yn bwysicach o lawer, wrth gwrs, gobeithio y cawn ni i gyd lwyddiant yn erbyn y Ffrancod ar y cae.

Prynhawn dydd Sadwrn, 16eg o Fawrth
(CYMRU 16-FFRAINC 15)

Awyrgylch anghredadwy yn y Maes Cenedlaethol erbyn dechre'r gêm ac roedd hi'n amlwg fod y Cymry'n y dorf yn dal i'n cefnogi i'r carn. Dim angen i'r cefnogwyr amau diffuantrwydd ein tîm ni chwaith. Soniais wrth y bechgyn cyn y gêm am y dewrder a'r ymroddiad y byddai'n rhaid i ni'u dangos trwy gydol y prynhawn. Doedd dim angen i fi ofidio. Roedd pob un ohonyn nhw'n benderfynol ein bod ni'n mynd i ennill.

Dyma'r prynhawn y dangoson ni i bawb fod 'da ni asgwrn cefn. Cychwyn delfrydol wrth i Robert Howley sgorio cais gwefreiddiol yn agos at y lluman chwith. Pan daclwyd Nigel Davies yng nghanol y cae gan dri Ffrancwr grymus, fe ddylai'r symudiad fod wedi marw'n y fan a'r lle. Nid dyna ffor' ma' Nigel yn chwarae rygbi. Llwyddodd i aros ar ei draed a rhyddhau'r bêl. Manteisiodd Howley ar absenoldeb Emile N'Tamack o'i ddyletswyddau amddiffynnol ar yr asgell. Dim ond prop oedd yno i warchod y llwybr i'r llinell. Fel arfer, fe fydda i'n ganmolwr brwd o allu'r rheng flaen i redeg yn chwim a gwneud pethe celfydd fel ochrgamu, ond doedd gan y prop o Ffrancwr hwn ddim gobaith mul i gadw Rob rhag plymio dros y llinell yn orfoleddus am ei gais.

Nifer o bobl yn ein hatgoffa wedi'r gêm taw dyma'r union fan lle sgoriodd Nigel Walker ei gais yn erbyn Ffrainc ddwy flynedd 'nôl. Roedd ein hymosodiadau grymus yn amlwg yn peri ofn i'r Ffrancod ac roedd eu hamddiffyn i'w deimlo'n fregus iawn ar brydiau.

Doedd dim lle i orffwys ar ein rhwyfau, fodd bynnag, wrth iddyn nhw ddangos eu gallu i greu cais allan o ddim wedi deunaw munud o chwarae. Llyncodd amddiffyn Ffrainc Leigh Davies ar eu dwy ar hugain nhw a 'na lle'r oedd N'Tamack i arwain y gwrth-ymosodiad. Symudwyd y bêl trwy bedwar pâr o ddwylo cyn i Thomas Castaignède groesi am gais tebyg i'n hail un ninnau draw yn Nulyn bythefnos 'nôl.

Ciciodd Jenks gôl gosb cyn yr egwyl i'n rhoi 10-5 ar y bla'n ar yr egwyl. Castaignède a Jenks yn cyfnewid gôl gosb ac roedd y teimlad y gallen ni ennill y dydd yn tyfu trwy'r amser. Bylchodd Nigel unwaith neu ddwy a dim ond ychydig bach o lwc oedd ei angen arnon ni i gadw'r symudiadau i fynd.

Yn lle hynny, llwyddodd y Ffrancod i greu meddiant da o sgrym lle'r oedden nhw dan bwysau trwm. Symudwyd y bêl trwy sawl pâr o ddwylo i ryddhau N'Tamack i redeg rhwng Justin a Gareth Thomas. Troswyd y cais gan Castaignède i roi Ffrainc ar y bla'n am y tro cynta', 15-13.

Does dim dwywaith nad y munudau nesa oedd y rhai mwya cyffrous a brofais erioed. Wyth munud o boen a gofidio tan i Neil gicio gôl gosb o fla'n y pyst wedi i'r Ffrancwyr gamsefyll. Methodd y maswr ag un cyfle arall cyn i ni orfod gwrthsefyll ymosodiad ffyrnig

– a Ffrengig, wrth gwrs! Neidiodd Gareth Llewellyn fel eog i ennill y bêl ddwywaith ar dafliadau'r bachwr, Jean-Michel Gonzalez.

Wrth i mi glywed y chwiban ola, ces fy hunan ar 'y mhengliniau yn wynebu'r dorf! Prin y gallwn gredu'n bod ni, o'r diwedd, wedi ennill. Roedd hi'n anodd meddwl am adael y cae wrth i'r dorf ddangos eu cymeradwyaeth.

Wedi'r holl gwestiynau arferol gan y sylwebyddion hollwybodus, doedd dim amdani ond DATHLU! Siampên 'nôl yng ngwesty'r Copthorne a'r lle fel ffair.

Doedd y Ffrancod ddim am ddathlu, wrth gwrs. Am unwaith, roeddwn i'n gwybod yn union ffor' roedden nhw'n teimlo ond doeddwn i ddim yn y cinio i gydymdeimlo. Yn ddigon hapus i gael sgwrs yn fy Ffrangeg bratiog gyda Gonzalez a'i ddau brop, Tournaire a Califano. Yn ddigon hapus hefyd i ysgwyd dwylo â bois Toulouse, N'Tamack, Castaignède, yr wythwr Sylvain Dispagne a'r blaenasgellwr Richard Castel a'u hatgoffa 'mod i wedi cyfrannu at ddial yn eu herbyn am iddyn nhw guro clwb Caerdydd 'nôl ym mis Ionawr! Do, fe fuon ni'n lwcus na chwaraeodd Olivier Roumat ac Abdelatif Benazzi'n arbennig o dda ond, ar y cyfan, fe greon ni'n lwc ein hunain trwy'u rhoi nhw dan bwysau.

Roedd fel petai'r holl ddinas yn un parti enfawr. Dim ond rhan fach ohono oedd ein parti ni'r chwaraewyr ond roedd pob un ohonon ni'n falch taw'n hymdrechion ni oedd wedi creu'r prif reswm am y dathlu.

Dydd Sul, 17eg o Fawrth

Y dathlu wedi parhau hyd berfeddion y nos. Do, fe gysgais i rywfaint ond rown i'n dal eisiau dathlu erbyn amser te pan 'nes i gyfweliad teledu ar gyfer *Scrum V.* Mae'n hysbys erbyn hyn fod y Wasg yn gyffredinol wedi newid eu cân ac yn ein canmol i'r entrychion. Ydyn, rŷn ni wedi curo'r Ffrancod mewn gêm glòs ond, i'r rheiny gaiff eu dewis i gynrychioli Cymru, mae 'na daith anodd iawn yn dechrau ymhen rhyw ddeufis. Fy ngobaith i nawr yw y caf fy newis ac y caf gadw'n lle fel Capten Cymru. Mae'r freuddwyd am gael galw heibio yng nghartre Alex a Kay Evans yn nes o lawer at gael ei gwireddu wedi'r fuddugoliaeth yn erbyn Ffrainc.

Dydd Llun, 18fed o Fawrth

Yr Undeb yn rhoi diwrnod yn rhydd o 'ngwaith i ddathlu'r fuddugoliaeth fawr. Roedd hi'n gyfle i ymlacio a darllen y papurau i weld ffor' mae'r sylwebyddion wedi newid dros nos o fod yn feirniadol i fod yn gefnogwyr brwd o'n harddull chwarae.

Roedd hi'n braf cael y cyfle i ymlacio a chysgu'n hwyr y bore 'ma, ond doedd dim modd anghofio fod 'na gêm fawr ddydd Sadwrn gyda chlwb Caerdydd lawr ar Barc y Strade yng Nghwpan SWALEC.

Dydd Mawrth, 19eg o Fawrth

Galwodd Kevin Bowring a'i dîm hyfforddi gynhadledd i'r Wasg heddi i esbonio'i strategaeth yn ystod y tymor rhyngwladol. Roedd yr ystadegau i gyd ar gael i gefnogi'r hyn oedd gan Kevin i'w ddweud a phytiau ar fideo yn brawf i'r amheus. Cyfle i'r sylwebyddion ofyn cwestiynau wedyn ac rwy'n siŵr fod pawb wedi gwerthfawrogi'r peth.

Hyfforddi gyda'r clwb heno. Paratoi manwl ar gyfer y gêm lawr ar y Strade. Mae'n anodd dod 'nôl lawr o ucheldiroedd Pencampwriaeth y Pum Gwlad. Wedi dweud hynny, mae'n grêt bod 'nôl gyda bechgyn Caerdydd, bron pob un wedi chwarae dros Gymru ac felly wedi gorfod dygymod â'r broblem o bryd i'w gilydd.

Dydd Iau, 21ain o Fawrth

I Glwb Rygbi Gilfach Goch ar achlysur hynod o drist. Un o fechgyn ifanc y clwb, Richard, yn marw o gancr. Y clwb wedi trefnu noson i godi'i ysbryd e. Gofynnwyd i fi fynd â chrys Cymru a phêl wedi'i llofnodi yn rhodd iddo. Rhywbeth bach iawn i'w neud o glywed fod y meddygon yn rhoi llai na thair wythnos iddo'n weddill.

Deunaw oed yw Richard, oedran pan ddylai fod ganddo ddyfodol disglair o'i flaen. Roedd hi'n anhygoel clywed fod y clwb wedi codi tua £7,000 i'w alluogi i fynd i weld y twrnament saith-bob-ochr yn Hong Kong a sylweddoli pa mor fach oedd 'y nghyfraniad inne wrth ochr ymdrechion yr aelodau.

Roedd gweld y cymysgedd o ddagrau a gwenu yn peri i mi sylweddoli nad wyf i erioed wedi gorfod wynebu'r fath hunllef. Rhaid edmygu'r gŵr ifanc, ei deulu a'i gefnogwyr yng Ngilfach Goch am eu dewrder wrth wynebu'r fath argyfwng.

Dydd Sadwrn, 23ain o Fawrth
(Llanelli 11-Caerdydd 10)

Hanner awr wedi un ar ddeg y bore ac, o'r diwedd, mae'r nerfusrwydd yn dechre cnoi. Am nifer o resymau, dwi ddim wedi teimlo'n rhy barod am y gêm hon tan i fi godi y bore 'ma. Rwy'n teimlo, fodd bynnag, 'y mod i'n ddyledus iawn i Glwb Caerdydd ac i'r bechgyn i gyd am fy helpu i ennill 'y nghap dros Gymru ac i gael anrhydeddu'r Clwb wrth gael fy newis yn Gapten Cymru.

Torf go dda ar y Strade i weld y mab afradlon, Jonathan Davies, yn dychwelyd i fro ei febyd.

Falle taw ni yw'r pencampwyr presennol a'r ffefrynnau cyn y gêm i gipio'r cwpan eleni, ond rhaid cyfadde i ni fod yn ffodus iawn i beidio ag ildio sawl cais yn ystod y chwarter cynta. Er hynny, gôl gosb Jonathan Davies gychwynnodd y sgorio ond o fewn dau funud roedd y sgôr yn gyfartal wrth i Justin Thomas gicio gôl gosb yn ei dro.

Wedi i ni lwyddo i'w cadw nhw rhag sgorio cais cyn

yr egwyl, ychydig funudau wedyn sgoriodd Ieuan Evans gais wrth iddo ddilyn cic duth Neil Boobyer heibio i'n gwibiwr, Nigel Walker. Methodd Justin â'r trosiad i roi rhywfaint o obaith i ni am gyfnod arall. Codwyd ein hysbryd pan enillodd Derwyn y bêl mewn llinell yn agos i'r cornel a bwydo Andrew Lewis i roi cyfle i'r prop ifanc groesi am gais a droswyd gan Jonathan Davies.

Wedi holl fethiannau Justin wrth iddo gicio am y pyst hyd yn hyn, roedd 'na sail gref i'n gobaith y gallem ddal yn geffylau blaen am weddill y prynhawn. Yn anffodus, ymddangosodd y Jonathan arall (Griffiths) sydd newydd ddychwelyd o Rygbi XIII o rywle i ladd ein breuddwyd unwaith ac am byth gyda chymorth Justin. Dyw hi ddim wedi bod yn hawdd i'r bois XIII ddod 'nôl i gêm yr Undeb, ond fe lwyddodd Griffiths i fylchu'n hamddiffyn yn agos at ein pyst. Roedd e'n ddigon agos at y pyst pan droseddodd tri o'n bechgyn ni i roi un cyfle arall i Justin anelu cic gosb atynt. Y tro 'ma, llwyddodd cefnwr Llanelli a Chymru i ychwanegu'r triphwynt at gyfanswm ei dîm a 'na ddiwedd ar ein gobeithion yng nghwpan SWALEC am y tymor hwn.

Siom fawr oedd gadael Parc y Strade a gwybod ein bod ni mas o gystadleuaeth Cwpan SWALEC am flwyddyn arall. Siom hefyd oedd methu codi'n gêm i gystadlu'n gyson 'da'r crysau sgarlad. Oedd, roedd y sgôr terfynol yn agos ond doedd dim dwywaith nad oedd Llanelli'n haeddu ennill eu lle unwaith eto'n y rownd gyn-derfynol. Dwi ddim yn gwybod pam, ond mae gan glwb y sosban rhyw allu anhygoel i godi safon y chwarae bob tymor mewn gêmau cwpan.

Dydd Sul, 24ain o Fawrth

Wedi teithio o Lanelli i Gernyw am ddeuddydd o wyliau ymhell, bell, o fwrlwm rygbi a'r cefnogwyr ledled Cymru. Roedd angen yr egwyl 'ma arna i ac rwy'n mwynhau gallu cerdded o gwmpas heb daro ar draws rhywun sy'n awchu i drafod y gêm ddiwetha, neu'r nesa, neu . . .

Dydd Iau, 28ain o Fawrth

Angladd Roderick Thomas. Clywais nos Lun ar ôl dychwelyd o Gernyw ei fod wedi marw, yn 27 oed, yr un oed â finne. Diwrnod trista 'mywyd. Rhyfeddod mwya'r peth oedd fod cymaint o hen gyfeillion wedi ymgynnull 'nôl yn ardal ein llencyndod o gwmpas Mynydd Cynffig. Sawl un ohonon ni'n hel atgofion ar ôl colli cyswllt am ryw wyth mlynedd ar ôl gadael ysgol. Tipyn o longyfarch yn dod i'm rhan yn sgil 'y newis yn Gapten Cymru. Yng nghyd-destun marwolaeth Rod, fodd bynnag, dyw gorchestion ar y cae rygbi o unrhyw werth yn y byd.

Dydd Gwener, 29ain o Fawrth

Ymarfer caled dan ofal Dave Clark. Gorfod rhedeg 200 metr cyflym bymtheg o weithiau a 25 metr ugain o weithiau. Llygaid barcud y gŵr o Dde Affrica'n craffu i weld yr arwydd lleia o ymlacio. Ymarfer gwerthfawr wedi'i drefnu gan rywun sy'n deall i'r dim beth sydd ei angen gan bob chwaraewr unigol i wella'i ffitrwydd.

Dwi ddim yn chwarae yn erbyn Abertyleri fory ac fe fydd y prynhawn rhydd yn werthfawr yng nghyddestun y gêmau pwysig i ddod a'r gobaith y caf fy newis i fynd i Awstralia.

Dydd Sadwrn, 30ain o Fawrth
(Caerdydd 95-Abertyleri 25)

Gêm ryfedd iawn wrth i Gaerdydd sgorio pymtheg cais i ennill y dydd yn hawdd. Ar y llaw arall, ildiwyd pum cais o bryd i'w gilydd i roi dau bwynt bonws i'r ymwelwyr o Went. Gallai hyn fod o gymorth iddynt yn eu hymdrech i aros yn yr Adran Gynta ar ddiwedd y tymor.

Tipyn o hwyl a sbri i fechgyn Caerdydd wrth i Steve Ford sgorio pum cais, dau yr un i'r ddau ganolwr, Mike Hall a Gareth Jones ac, ymhlith y gweddill, Owain Williams y blaenasgellwr yn cael cyfle i drosi cais. 'Sdim isie i chi ofyn. Do, fe lwyddodd ei gic!

Derwyn a fi'n gyrru lan i'r gogledd yn syth wedi gwylio'r gêm yng Nghaerdydd. Dwyawr a hanner yn y car ac felly'n hollol flinedig erbyn i ni gyrraedd Bae Colwyn.

Dydd Sul, 31ain o Fawrth a dydd Llun, 1af o Ebrill

Rhuthro hwnt ac yma o gwmpas y gogledd yn ymweld â nifer o glybiau ac ysgolion i hybu'r gêm ymhell o'r cadarnleoedd deheuol. Cyfle i gwrdd â selogion brwd ynghyd â swyddogion datblygu gweithgar.

Cinio yng nghwmni difyr John Dawes, cyn-gapten Cymru a'r Llewod a chyn-hyfforddwr y Llewod. Yntau'n ein hatgoffa am rai o'r sêr a fagwyd yng Ngogledd Cymru: arwyr fel Wilf Wooller, Tony Gray ac Arthur Emyr ymhlith eraill. Pwy a ŵyr, falle daw rhyw fachgen neu ddau i'r amlwg wedi'u hysbrydoli wrth gwrdd â'r cawr o Bontarddulais.

Dydd Mawrth, 2ail o Ebrill

Wedi'r holl deithio'n y gogledd, helpu i hyfforddi criw o blant yn Newbridge Fields yn y bore cyn symud i Ysgol Gyfun Ynysawdre. Rown i'n arfer bod yn gyfarwydd iawn ag Ysgol Ynysawdre pan own i'n ymdrechu i ennill lle yn nhîm dan bymtheg oed ardal Pen-y-bont ar Ogwr.

Gwahoddiad i wobrwyo nifer o'r plant â thyst-ysgrifau oedd y rheswm dros fod yno ac, fel arfer y dyddiau hyn, treuliais awr gyfan wedyn yn llofnodi pob math o bethe i dipyn o bawb. Roedd y profiad yn un rhyfedd, o gofio i mi dreulio cymaint o amser yma yn ystod f'arddegau yn breuddwydio am chwarae rygbi dros Gymru.

Ymarfer heno gyda gêm lawn rhwng dau dîm o blith chwaraewyr Caerdydd unwaith eto.

Dydd Gwener, 5ed o Ebrill

Pen-blwydd Mam. Carden a thusw mawr o flodau yn 'y nwylo pan gyrhaeddais wrth ei drws ffrynt i ddymuno 'Pen-blwydd hapus!' iddi. Dyw Mam, fel cymaint o famau eraill, ddim wedi newid o gwbl. Pwy oedd wedi coginio a gwneud yr holl baratoadau ar gyfer ei pharti pen blwydd? A phwy oedd yn mynnu clirio lan a golchi'r llestri wedyn? Does dim angen i fi ateb. Bydd pob plentyn, o bob oedran, yn gwybod yr ateb.

Heblaw am y blodau, rhaid cyfadde taw fy chwaer oedd yn 'sgwyddo'r cyfrifoldeb am brynu anrheg sylweddol i Mam. Rhwydd iawn yn wir – sgrifennu siec i'ch chwaer a gadael iddi hithe ddewis rhywbeth fydd yn dod â gwên i wyneb Mam!

Dydd Sadwrn, 6ed Ebrill
(Caerdydd 49-Y Barbariaid 43)

Siom i lawer yw gweld clwb fel Caerdydd, sydd â hanes
mor ddisglair a thraddodiad o gêmau cyffrous yn erbyn
y Barbariaid, yn dewis tîm o chwaraewyr mor ifanc ar
achlysur mor bwysig. Arferai fod yn anrhydedd cael
eich dewis i gynrychioli'ch clwb yn erbyn y tîm o
wahoddedigion. Bellach mae gofynion cystadleuol y
gyfundrefn fodern wedi goroesi traddodiad ac mae'n
gyfle i chwaraewyr ifanc brofi'u hunain ar faes mwy
cyhoeddus nag arfer.

Gêm glòs a chyffrous yn y diwedd i ddifyrru torf
dda. Saith cais yr un i'r ddau dim. Do, fe welwyd doniau
unigryw'r Ffrancwr, Denis Charvet, o bryd i'w gilydd a
disgleiriodd Mike Rayer fel arfer ymhlith y cawlach.
Rhai o'n chwaraewyr addawol ifanc fel y canolwr John
Colderley, y maswr Chris John a'r blaenasgellwr Jamie
Ringer yn dangos eu bod nhw'n barod i gamu i'r adwy
pan fo'r angen.

Dydd Llun, 8fed o Ebrill
(Aberafan 13-Caerdydd 41)

Dim ond 7-3 ar y bla'n ar yr egwyl a rhai o'n cefnogwyr
yn gofidio rywfaint, ond fe ddaeth pethe i fwcwl erbyn
y diwedd. Saith cais yn golygu triphwynt bonws i wneud
cyfanswm o bum pwynt ar y dydd.

Sgoriais inne un o'r ceisiau i wneud 'y nghyfraniad

ond, a bod yn hollol onest, doeddwn i ddim yn rhy hapus â'n dull o chwarae. Oedd, roedd hi'n bwysig i ni gael y pwyntiau bonws ond doedd yr holl ruthro difeddwl at ein gwrthwynebwyr ar bob cyfle ddim at 'y nant i. Ar ôl bod yn rhan o'r gyfundrefn dan ofal Kevin Bowring sy'n anelu at chwarae rygbi agored a rhoi mwynhad i'r gwylwyr, mae mynd 'nôl at gêm gul yn reit ddiflas.

Noson dawel yn swpera gyda Kate yng nghwmni Mike Hall a'i gariad yn trafod tipyn o bopeth ond rygbi. Y merched yn gwneud yn siŵr o hynny a Mike a finne'n falch i gael y cyfle i anghofio am ddigwyddiadau'r prynhawn.

Dydd Mercher, 10fed o Ebrill

Codi pwysau ar 'y mhen fy hunan yn y bore ac wedyn clywed fod Adrian Davies ac Andy Moore wedi arwyddo i chwarae dros Richmond o fis Medi mla'n. Colled enbyd i glwb Caerdydd gan fod y ddau yn chwaraewyr arbennig o dda a hefyd yn gymeriadau o fewn y clwb.

Sesiwn ymarfer gyda'r clwb yn hwyrach ac roedd hi'n ddiddorol cael dwyawr o gynllunio ar gyfer rygbi agored tebyg i'r hyn mae'r tîm cenedlaethol yn anelu ato. Popeth yn gweithio'n dda i ddangos fod 'da ni'r gallu yng nghlwb Caerdydd i chwarae rygbi fydd yn denu'r gwylwyr i'n gweld.

Dydd Gwener, 12fed o Ebrill

Ymweliad â ffatri yng Nghasnewydd i helpu'r gweithwyr yn eu hymdrechion i godi arian i elusen nyrsys McMillan. Y cyfan oedd rhaid i fi'i neud oedd cael fy llun wedi'i dynnu gyda'r gweithwyr unigol ac roeddynt yn prynu'r lluniau am bunt. Rhyfeddod yw gweld fod pobl am brynu llun o un o hoelion wyth rheng flaen y byd rygbi i'w osod uwch ben y lle tân!

Eu dewis nhw oedd 'y ngwahodd i ac, yn dilyn marwolaeth drist Rod Thomas, rwy'n benderfynol o geisio derbyn pob gwahoddiad posib i helpu i godi arian ar gyfer elusennau cancr.

Dydd Sadwrn, 13eg o Ebrill
(Abertawe 0-Caerdydd 59)

Rhyfeddod oedd clywed fod bechgyn Abertawe'n ymarfer o hanner dydd mla'n. Dwi ddim yn credu i hynny neud unrhyw ddaioni iddyn nhw ond mae'n arwyddocaol eu bod nhw'n diodde problemau mawr eleni. Mae gorfod chwarae heb Paul Arnold a'i gydailrengwr, yr Andy Moore arall, wedi torri calon y pac ac roedd hi'n drist gweld Garin Jenkins yn cael gêm ddigon gwan. Rwy wrth 'y modd pan fo 'nghydfachwyr yn cael gêm arbennig o dda gan fod hynny'n 'y ngorfodi inne i fod ar 'y ngore hefyd.

Er i ni weld rhedeg gwych gan Nigel Walker, Simon Hill a Gareth Jones wrth i'r tri ohonyn nhw sgorio dau gais yr un, dwi ddim yn hollol argyhoeddedig i'r diwrnod fod o lawer o werth yng nghyd-destun rygbi rhyngwladol. Syndod a thristwch yw gweld Abertawe'n mynd trwy'r fath argyfwng a dwi ddim yn mwynhau chwarae gêmau mor unochrog.

Dydd Sul, 14eg o Ebrill

Pen-blwydd 'y nhad-cu yn 90 oed a chyfle i bedair cenhedlaeth ohonon ni ymuno'n y dathlu mewn bwyty i fyny'r cwm ar gyrion Maesteg. Diwrnod hyfryd ymhell o bwysau rygbi ond diwrnod i blesio'r teulu.

Erbyn hyn, rwy wedi cyfarwyddo â'r holl ofyn am lofnodi tipyn o bopeth o ddarn o bapur brwnt i fwydlen neu lyfr llofnodion. Dyma, fodd bynnag, y tro cynta i gymaint o 'nheulu 'ngweld i'n treulio gymaint o amser yn sgrifennu negeseuon a llofnodion. Roedd y merched ifanc oedd yn gweini'n awyddus i gael eu darnau o bapur wedi'u harwyddo ac roedd hi'n bleser gwneud hynny iddyn nhw am iddynt edrych ar ein hôl mor dda. Yn ddi-os, roedd eu cyfraniad nhw a gweddill gweithwyr y bwyty yn gwneud y diwrnod yn un mawr i Dad-cu ac yn un bythgofiadwy i'r rhai ifanc ohonom sy'n gobeithio cadw atgofion melys ohono am flynyddoedd i ddod.

Dydd Llun, 15fed o Ebrill

Cyfarfod mawr i lansio Cwpan y Byd 1999 pan fydd y ffeinal yma yng Nghaerdydd. Paul Thorburn, cyngefnwr a chyn-Gapten Cymru, yw Prif Weithredwr a Chyfarwyddwr y gystadleuaeth ac mae'n amlwg fod y gwaith o farchnata'r digwyddiad wedi dechre'n barod.

Roedd pob cyn-Gapten Cymru sy'n dal yn fyw wedi ymgynnull i dynnu llun unigryw ohonom i gyd gyda'n gilydd. O'r holl anrhydeddau sy'n dod i'm rhan yn sgil cael 'y newis yn Gapten Cymru, rhaid cyfri bod yn y llun gyda'r mwya. Roedd 'na gymaint o arwyr o 'mhlentyndod yno nes ei bod hi'n amhosib rhestru pob un. Y pwysica, o bell ffordd, oedd Harry Bowcott, yr hyna, dros ei bedwar ugain ond eto'n barod i hel atgofion am ei ddyddiau chwarae yn ugeiniau'r ganrif hon.

Cynnig gan yr Undeb i arwyddo Cytundeb yn 'y nghlymu i chwarae yma yng Nghymru fel aelod o weithlu'r Undeb. Os ydw i am dderbyn y cynnig, rhaid gwneud hynny o fewn y pythefnos nesa. Bydd rhaid, felly, cael cyngor cyfreithiol a chyfrifyddol i wneud yn siŵr nad wy'n gwneud rhywbeth dwl trwy dderbyn. Un o'r pethe sy'n 'y ngofidio yw bod y cynnig yn torri ar draws yr hyn mae Clwb Caerdydd yn ei gynnig. Mae Cytundeb yr Undeb yn gofyn am iddyn nhw gael eu gosod yn gynta. Mae'n amlwg fod y drafodaeth heddi gyda Vernon Pugh, Llywydd yr Undeb, a bargyfreithiwr o fri, yn ddim ond dechre'r broses o benderfynu a meddwl dros yr holl beth yn ystod y dyddiau nesa.

Yn hwyrach yn y dydd, sesiwn ymarfer gyda charfan Cymru. Yr un cynta ers diwedd Pencampwriaeth y Pum Gwlad. Roedd hi'n wych cael gweld y bechgyn i gyd unwaith eto ac roedd yr awyrgylch yn wahanol heb y pwysau o fod yn paratoi ar gyfer gêm benodol ymhen ychydig ddyddiau. Awstralia sydd ar feddwl pawb erbyn hyn, wrth gwrs, ac roedd yr holl waith wedi'i ganolbwyntio ar y math o gêm y mae Kevin a'i gyd-hyfforddwyr am i ni chwarae o hyn mla'n.

Dydd Mawrth, 16eg o Ebrill

Sylweddoli, wrth drafod y Cytundebau gyda rhai o'r chwaraewyr wyneb yn wyneb, a dros y ffôn, bod yr Undeb yn cynnig gwahanol gyflogau i wahanol chwaraewyr. Yr hyn sy wedi 'nghythruddo fwya yw'r ffaith fod yr Undeb wedi gwahaniaethu rhwng dau chwaraewr yn chwarae ysgwydd wrth ysgwydd yn y rheng fla'n fel John Davies a finne a chynnig £10,000 yn llai i John.

Ry'n ni i gyd yn gorfod dysgu byw yn yr oes broffesiynol ac fe fydd 'na drafod cyflogau rhwng chwaraewyr a'u clybiau ond rwy'n credu y dylai pob chwaraewr rhyngwladol dderbyn yr un cyflog, beth bynnag yw eu safleoedd ar y cae.

Soniais wrth Terry Cobner yn y swyddfa nad wy'n hapus 'da'r hyn mae'r Undeb wedi'i gynnig ac mae'n amlwg y bydd y trafod yn parhau am dipyn o amser eto cyn y byddwn ni'n arwyddo Cytundeb.

Ymarfer gyda'r clwb heno a gorfod dweud wrth Terry Holmes na fydda i ar gael i ymarfer nos Iau nac i chwarae yn erbyn Trecelyn ddydd Sadwrn. Rwy wedi 'newis i chwarae yn Nhîm y Byd yn erbyn Caerlŷr yn Nhwicenham ddydd Sul. Arwydd arall o'r arian sy'n dod mewn i'r gêm gan y byddwn yn cystadlu am Gwpan Sanyo a bydd Clwb Caerlŷr yn elwa o ryw £50,000. O'm rhan inne, mae'n anrhydedd cael 'y newis ac fe fydd hi'n bleser cael treulio tridiau yng nghwmni rhai o fawrion y byd rygbi fel Cabannes, Sella a Lacroix o Ffrainc, Jamie Joseph o Seland Newydd a Serevi o Fiji ymhlith eraill. Gwahoddwyd Gareth Llewelyn a Derwyn i gryfhau cynrychiolaeth Cymru ac rwy'n edrych mla'n at y penwythnos.

Dydd Iau, 18fed o Ebrill

Teithio i Lundain ar gyfer y gêm yn erbyn Caerlŷr. Mae'r mwyafrif o'r chwaraewyr yn cyrraedd fory ac felly fi yw'r cynta i gyrraedd y gwesty ar ôl teithio'n gyfforddus ar y trên. Dim ond unwaith neu ddwy y bûm i ganol Llundain o'r bla'n a dwi erioed wedi cael y cyfle i ddod i nabod y lle'n iawn. Bydd hyn yn rhyfeddod i lawer ond rhaid cofio taw bachgen bach o'r wlad a glan y môr ym Morgannwg ydw i!

Wrth basio rhyw barc enfawr yn y tacsi ar y ffordd i'r gwesty, gofynnais i'r gyrrwr pa barc oedd e. Amhosib fyddai ailadrodd ei ateb oherwydd ei acen 'Cockney' a hefyd am iddo gyfleu'i ryfeddod fod 'na rywun yn

Llundain ddim yn sylweddoli ei fod e'n mynd heibio i Hyde Park!

Dydd Gwener, 19eg o Ebrill

Gweddill y garfan yn cyrraedd yn ystod y bore i gymdeithasu cyn ein hymarfer cynta'n y prynhawn. Clywed 'y mod wedi 'mhenodi'n is-gapten ac arweinydd y pac ar gyfer dydd Sul! Mae meddwl am orfod rhoi gorchmynion i fechgyn profiadol fel Nick Popplewell, Laurent Cabannes a Jamie Joseph yn chwerthinllyd i raddau ond, o fewn ychydig funudau o ymarfer ysgafn, roedd hi'n amlwg fod y blaenwyr profiadol hyn i gyd yn barod i weithio gyda fi. Mae'r profiad yn troi mas i fod yn un gwych o ran 'y natblygiad fel capten.

Er nad yw e'n rhan o'r garfan, mae Jason Leonard yma gyda ni'n helpu gyda'r hyfforddi a'r cyhoeddus-rwydd am y gêm. Mae ei brofiad e fel prop i'r Harlequins, Lloegr a'r Llewod o gymorth mawr i ni wrth baratoi, yn arbennig o gofio'i fod e'n chwarae'n gyson yn erbyn Caerlŷr ym Mhencampwriaeth Courage yn Lloegr.

Dydd Sadwrn, 20fed o Ebrill
(Caerdydd 78-Trecelyn 7)

Ynghyd â'i gymorth tactegol a thechnegol, mae gwybodaeth Jason Leonard o Lundain o help mawr 'da bywyd cymdeithasol y garfan dros y penwythnos. Er nad yw'r tymor drosodd o bell ffordd i ni chwaraewyr Ewropeaidd a dim ond cychwyn mae bechgyn Seland Newydd, Fiji, De Affrica a'r Ariannin, mae'r penwythnos yn wych o ran rhoi cyfle i ddysgu am ein cyd-chwaraewyr o bedwar ban.

Yr hyn sy'n dda am yr holl beth yw fod pawb yn cymysgu'n rhwydd. Llusgodd Leonard griw bach yn cynnwys Gregor Townsend, maswr yr Alban, Augustin Pichot, mewnwr o'r Ariannin, Cabannes a finne mas o'r gwesty am awr neu ddwy neithiwr. Roedd hi'n gyfle gwych i ddod i'w nabod nhw'n well ac rwy'n gobeithio y caf gyfle i'w dangos nhw o gwmpas Caerdydd ac ambell ddarn arall o Gymru yn y dyfodol.

Ffonio'n ôl i Gaerdydd i glywed ein bod ni wedi curo Trecelyn 78-7. Pwyntiau bonws llawn i Gaerdydd wrth i Gastell-nedd gael rhywfaint o drafferth i guro Abertawe a chasglu un pwynt bonws yn unig.

Yn ein sesiynau ymarfer heddi roedd hi'n agoriad llygad i weld a chlywed am agwedd Joseph a mewnwr Seland Newydd, Graeme Bachop, wrth weithio gyda chriw newydd o gyd-chwaraewyr. Wrth i ni redeg mas ar y cae i ddechre gweithio, roedd eu hymarweddiad yn newid yn llwyr. Dim ymlacio o gwbl. Canolbwyntio ar y sesiwn a gadael i ddim byd dynnu eu sylw oddi wrth y gwaith. Yr holl beth yn hollol broffesiynol. Roedd clywed am eu canolbwyntio meddyliol nhw yn ystod yr oriau a'r munudau cyn chwarae yn erbyn Cymru yng Nghwpan y Byd yn Ne Affrica y llynedd yn agoriad llygad hefyd wrth glywed eu bod wedi paratoi ar gyfer pob math o ddigwyddiad anarferol yn ystod y gêm – hyd yn oed pethe sy bron byth yn digwydd ar y cae rygbi. Dyma'r union beth mae'n rhaid i ni neud os ŷn ni am gystadlu 'da'r bechgyn 'ma yn y dyfodol.

Dydd Sul, 21ain o Ebrill
(Caerlŷr 31-XV Y Byd 40)

Tywydd anghredadwy o boeth yn Nhwicenham. Roedd 'y ngwaed bron yn berwi wrth redeg o amgylch a brwydro'n y sgrymiau a'r sgarmesi. Chwarae am y tro cynta o dan y rheolau newydd lle mae'r blaenasgellwyr yn gorfod aros ynghlwm wrth y sgrym tan i'r bêl ddod mas. Hynny'n rhoi mwy o gyfle i'r olwyr redeg ac yn cyflymu'r gêm yn gyffredinol.

Roedd hi'n anhygoel chwarae gyda bechgyn fel Jamie Joseph a Laurent Cabannes. Ar brydiau roedd hi'n teimlo fel petai Joseph ym mhob cwr o'r cae ar yr un pryd. Mae ei ffitrwydd e'n anhygoel ac roedd ei ymrwymiad e i ddangos ei ddoniau ac i ennill y gêm yn rhywbeth nad wyf wedi dod ar ei draws erioed o'r bla'n.

Prynhawn amhrisiadwy i mi'n y diwedd wrth ennill y profiad o chwarae mewn tîm mor amryddawn. Dyma'r math o gêm sy'n diflannu o'r amserlen wrth i bwysau'r oes broffesiynol dyfu. Rwy'n falch 'y mod wedi cael y cyfle i fynd 'nôl i Dwicenham heb y pwysau sy'n gysylltiedig â phencampwriaeth y Pum Gwlad. Os caf chwarae yno rywbryd eto, bydd heddi wedi cyfrannu at 'y ngwneud i deimlo'n fwy cyfforddus yno'r tro nesa.

Noson fawr iawn 'nôl yn y gwesty'n mynd mla'n tan oriau mân y bore. Leonard, Joseph, Bachop ynghyd â'r prop Fatialofa o Samoa a'r blaenasgellwr o Siapan, Latu, yn clebran am dipyn o bopeth tan ryw chwech y bore ac roedd hi'n rhaid i fi wneud esgus 'y mod i'n mynd i'r tŷ bach er mwyn ffoi i 'ngwely am ychydig o gwsg!

Dydd Llun, 22ain o Ebrill

Fatialofa'n curo ar y drws am hanner awr wedi wyth i 'neffro gan fynnu rhannu un gwydraid bach arall dros frecwast cyn i ni wasgaru i bedwar ban. Doedd yr esgus 'y mod i'n ymarfer gyda charfan Cymru 'nôl yng Nghaerdydd heno'n mennu dim arno ac ofer oedd 'y nadl wrth iddo wrthod gadael y drws! Doedd 'na fawr o'i le ar ei resymeg e achos ces anaf i 'migwrn ychydig funudau cyn y diwedd ddoe ac rwy'n cloffi'n drwm y bore 'ma. Mae'n amheus a fydda i'n gallu ymarfer heno ond fe fydda i'n falch i gael awr neu ddwy o gwsg ar y trên 'nôl i Gaerdydd. Cyrraedd Caerdydd mewn da bryd ar gyfer yr ymarfer ond yn rhy gloff o lawer i feddwl am allu ymarfer.

Cynnig arall mewn cyfarfod gyda chwmni *First Division Rugby* sy'n rhoi llai o arian i rai ohonon ni ond sy'n creu strwythur tecach o gyflogau ar gyfer pob aelod o'r garfan genedlaethol sy'n parhau i chwarae dros glybiau yma yng Nghymru. Mae'n well 'da fi weld hyn yn digwydd gan ei fod e'n creu mwy o undod yn ein plith ni chwaraewyr wrth ddadlau gyda'r Undeb neu gyda'r clybiau a'r noddwyr. Wedi dweud hynny, does neb ohonon ni am ruthro i arwyddo dim byd ac mae'n debyg nawr na fydd 'na'r un cytundeb wedi'i arwyddo cyn i'r garfan genedlaethol ddod 'nôl o Awstralia. Un neu ddau o'r chwaraewyr yn awyddus iawn i arwyddo ar unwaith er mwyn cael rhywfaint o arian tra 'mod i'n annog pawb i bwyllo a pheidio rhuthro i mewn i rywbeth y bydd yn amhosib ei newid. Dyma, falle, yr unig gyfle sy 'da ni i drafod ein dyfodol ac, erbyn hyn, rwy wedi sylweddoli pa mor ffôl y byddai i ni arwyddo nawr.

Dydd Iau, 25ain o Ebrill

Llwyddo i ymarfer 'da'r clwb heb neud niwed i 'migwrn. Yn barod i wynebu Casnewydd ddydd Sadwrn. Pawb yn y clwb yn awyddus i roi crasfa i'r tîm o Went ar eu tomen nhw eu hunain wedi iddyn nhw'n curo ni yma yng Nghaerdydd 'nôl ym mis Tachwedd. Y cynllunio'n 'y mhlesio gan ein bod ni'n paratoi i ledu'r bêl a chwarae rygbi agored. Mae'n amlwg na fydd 'da ni fawr o ddewis beth bynnag os bydd Castell-nedd yn llwyddo i gasglu triphwynt bonws wrth guro Llanelli nos fory mewn gêm sy'n cael ei darlledu'n fyw ar y teledu.

Dydd Gwener, 26ain o Ebrill

Noson wobrwyo Personoliaeth Chwaraeon Dyffryn Ogwr heno. Roedd pedwar wedi'u henwebu am y brif wobr: Robert Howley, y rhedwr Steve Brace, bocsiwr o'r enw Jason Cook a finne. Cyffro mawr wrth i ni giniawa a phawb yn ceisio dyfalu pwy oedd wedi ennill. Syrpréis mawr oedd i fi ennill a derbyn cwpan arian mawr cyn gorfod rhoi araith o ddiolch i ddau gant o westeion. Diolch byth bod rhywun yn cael rhywfaint o ymarfer o gwmpas y lle'r dyddiau hyn neu fe fyddai'r nerfau'n crynu fwy nag oedden nhw. Mae'n wych derbyn canmoliaeth gan wybodusion bro fy mebyd. Yn bwysicach o lawer na hyd yn oed derbyn rhywbeth ar lwyfannau mawr oddi cartref.

Clywed yn ystod y noson fod Castell-nedd wedi curo Llanelli 44-0 a chipio pwyntiau bonws llawn. Pwysau trwm arnon ni nawr i'w hefelychu nhw brynhawn fory. Heno, fodd bynnag, cyfle i anghofio am y pwysau yng nghwmni llawer o hen ffrindiau tra oedd Nhad a 'mrawd wrth eu bodd hefyd yn mwynhau noswaith o gymdeithasu ymhlith hoelion wyth Dyffryn Ogwr.

Dydd Sadwrn, 27ain o Ebrill
(Casnewydd 19-Caerdydd 29)

Er yr holl ymarfer, doedd y perfformiad ddim yn plesio llawer o'r bechgyn. Hyd at bedwar munud cyn i'r dyfarnwr chwythu'i olaf bib, Casnewydd oedd ar y bla'n wrth i'w maswr nhw, Gareth Rees, gicio'r bêl o bobman. Atgof diflas sy gan gefnogwyr tîm Cymru o gicio Gareth am iddo ennill gêm ryngwladol i Ganada yng Nghaerdydd beth amser 'nôl gyda throsiad yn y munud ola.

Dau gais yn y munudau ola heddi'n golygu ein bod ni'n gadael y cae â dau bwynt bonws i'w hychwanegu at y deubwynt am ennill. Mike Rayer oedd gwir arwr y prynhawn wrth sgorio pedwar pwynt ar ddeg (dau gais a dau drosiad) a chais yr un i Gareth Jones, Nigel Walker ac Adrian Davies.

Bydd rhai o'n cefnogwyr yn gweld hyn yn golled o bwynt bonws yn hytrach nag ennill pwyntiau. Yr hyn sy'n rhaid i bawb i sylweddoli yw pa mor gystadleuol y bu'r gêmau rhwng Casnewydd a Chaerdydd dros y blynyddoedd. Dyma, yn ôl pob hanes, yw *Y* gêm i'r ddau glwb ac yn sicr mae rhai o hoelion wyth Clwb Caerdydd byth a hefyd yn barod â'u straeon am orchestion eu harwyr yn erbyn Casnewydd. Casnewydd sy'n dal i berson-oli'r GELYN i lawer o ffyddloniaid Parc y Cardiff Arms.

Yn y diwedd, mae'r canlyniad yn ein gadael un pwynt y tu ôl i Gastell-nedd ar ben y Gynghrair a dim ond tair gêm yn weddill 'da ni tra does ond dwy gan Gastell-nedd. Pythefnos anodd o'n blaen ni a Chastell-nedd, yn arbennig o gofio'u bod nhw'n wynebu Pontypridd yn ffeinal Cwpan SWALEC ddydd Sadwrn nesa.

Dydd Llun, 29ain o Ebrill

Papurau ddoe a heddi'n llawn clod am ein ffitrwydd yn erbyn Casnewydd. Sawl un yn nodi y gallai munudau ola'r fuddugoliaeth hon fod yn allweddol i'n hymdrech i ennill y Gynghrair. Canmoliaeth hefyd i Gasnewydd am gystadlu mor frwd a chwarae tipyn o rygbi agored i fynd gyda chicio Gareth Rees. Y sylwebyddion i gyd yn llawn clod am ail gais Mike Rayer wrth i bron pob aelod o'r tîm drafod y bêl gan ein bod ni'n wynebu colli'r gêm a'r Gynghrair. Falle'n wir taw dyna'r foment a allai ennill y Gynghrair. Yn sicr, dyna'r symudiad a'r cais sy'n gorfodi Castell-nedd i ofidio rywfaint dros y pythefnos i ddod.

Dydd Mercher, 1af o Fai

Ymweld ag Ysgol Gyfun Abersychan ar Ddydd Calan Mai i gyflwyno tystysgrifau i'r plant am eu gorchestion dros y flwyddyn ddiwetha ac i annerch yr ysgol i gyd ar y testun 'Cyrraedd eich Nod'. Pwnc diddorol i'w drafod wrth atgoffa'r plant am 'y nyddiau ysgol innau a'r gwaith caled i gyrraedd y nod. Dim llawer o hwyl 'da pethe academaidd am gyfnodau hir ond roedd 'da fi'r awydd i lwyddo. Hyd yn oed ar y cae rygbi, prin iawn oedd y llwyddiant. Methu â chadw lle rheolaidd yn nhîm cynta'r ysgol ond yn barod i ddatgan f'uchelgais i gynrychioli Cymru. Yn ffodus, cynghorodd Nhad fi'n ifanc fod llwyddiant yn y pen draw'n dod o allu codi ar 'y nhraed ar ôl pob cwymp.

Mae 'na lawer wedi methu unwaith ac sy bellach heb y gallu i godi'u hunain 'nôl i ailgydio ym mhethe. Arferai llawer ohonyn nhw chwerthin am fy mhen wrth i mi sôn am f'uchelgais i fod yn Gapten Cymru. Gofidiais lawer 'y mod yn rhy hyderus ond, erbyn hyn, diolch i'r drefn, does gan neb le i chwerthin llawer.

Nifer o bobl isie gwybod beth ddywedais i wrth y bechgyn cyn y gêm yn erbyn Ffrainc. Y neges oedd i bob aelod o'r tîm wneud yn siŵr na allai neb amau'u hymrwymiad i'r achos trwy gydol y prynhawn. Ar ddiwedd y gêm, doedd dim amheuaeth nad oedd y bechgyn wedi dangos yr ymrwymiad angenrheidiol a'r neges i'r plant oedd y dylen nhw ddangos yr un ymrwymiad i'r ymdrech i lwyddo ym mhopeth posib yn yr ysgol.

Gobeithio i'r plant ac, i raddau, yr athrawon gael rhywfaint o les allan o'r diwrnod. Cyn gadael, ces lythyr wedi'i arwyddo gan nifer o'r plant hŷn yn diolch imi am ymweld â'r ysgol ac, yn bwysicach o lawer, yn diolch am yr araith.

Ymarfer gyda'r clwb cyn galw heibio i ginio-rygbi blynyddol y Bragwyr Cymreig. 'Fawr o gyfle i ddathlu dewis Rob Howley'n 'Chwaraewr y Flwyddyn' am fod 'da ni gêm yn erbyn Treorci nos fory. Rhaid ennill pwyntiau bonws llawn os ŷn ni am ddal ar y bla'n i Gastell-nedd hyd at ddiwedd y tymor. Bydd Castell-nedd yn mynd i Dreorci wythnos nesa ac felly, i raddau, mae tynged y Gynghrair yn nwylo'r tîm o Gwm Rhondda.

Nos Iau, 2ail o Fai
(Treorci 10-Caerdydd 31)

Dim ond dau bwynt bonws wrth i ni sgorio pum cais yn unig. A sgôr o 7-5 yn ffafrio Treorci ar yr egwyl, doedd pethe ddim yn argoeli'n dda am fuddugoliaeth, heb sôn am bwyntiau bonws. Doedden ni ddim yn chwarae'n arbennig o dda; 'nôl i'r patrwm di-batrwm sydd, ar brydiau, mor nodweddiadol o lawer o rygbi yng Nghymru ar hyn o bryd.

Yn ystod yr egwyl, roedd 'na drafodaeth ynglŷn â'n diffyg amynedd pan oedd y gwynt wrth ein cefnau yn yr hanner cynta. Er i gyn-faswr Caerdydd a Chymru, David Evans, gicio gôl gosb yn syth ar ôl yr egwyl i wneud y sgôr yn 10-5, dyna oedd y trobwynt wrth i ni ddangos ein bod yn gallu pwyllo a rheoli pethe. Byddai dau gais arall wedi bod yn amhrisiadwy er mwyn y pwynt bonws ychwanegol ond, ar hyn o bryd, rŷn ni wedi sgorio 105 o geisiau, un yn fwy na Chastell-nedd ac rŷn ni driphwynt ar y bla'n yn y tabl.

Dydd Sadwrn, 4ydd o Fai

Ffeinal Cwpan SWALEC heddi. Byddai'n well o lawer 'da fi fod yn chwarae ar waetha'r tywydd poeth ond roedd hi'n bleser gweld wynebau bechgyn Pontypridd wedi iddyn nhw guro Castell-nedd 29-22. Rhaid cyfadde i mi honni ers dyddiau taw Castell-nedd fyddai'n cipio'r Cwpan a doedd dim wedi digwydd cyn yr egwyl i beri i mi newid 'y meddwl chwaith. Pan sgoriodd Patrick Horgan, mewnwr dawnus Castell, ei ail gais ar ben cais yr un gan Leigh Davies a'r cefnwr Richard Jones, rown i'n argyhoeddiedig eu bod nhw'n mynd i gyrraedd yr hanner cant yn hawdd.

Anghofiais inne, fel sawl person arall, am y ffordd mae'r haneri, Paul John a Neil Jenkins, yn cydweithio i fwydo ar ysbrydoliaeth y capten Nigel Bezani. Cais i Paul John a dau i Geraint Lewis yn coroni'r cyfan (a'r Cwpan!) wrth i Jenks sgorio 14 pwynt 'da'i gicio celfydd a rheoli'r ail hanner a lleddfu nerfau'i gyd-chwaraewyr.

Y gofid mawr i ni wedi'r canlyniad hwn yw y bydd Ponty ar eu gorau nos Wener ym Mhwllgwaun wrth ddathlu'r fuddugoliaeth a cheisio rhoi noson fythgofiadwy i Bezani wrth iddo orffen ei yrfa yno.

Dydd Mercher, 8fed o Fai

Ymarfer gyda charfan Cymru am y tro ola cyn i enwau'r 30 sy'n mynd ar y daith i Awstralia ymhen pythefnos gael eu cyhoeddi. Profion ffitrwydd tebyg i'r rhai a gynhaliwyd yn gynharach yn y tymor. Gwaith caled iawn fel arfer ond pawb wedi codi eu lefel ffitrwydd i ddangos i'r hyfforddwyr nad yw'r holl waith wedi bod yn ofer.

Dechre gofidio am nos Wener wrth i'r nerfau gnoi. Deg o fechgyn Caerdydd wedi bod yn rhan o gynlluniau Cymru trwy gydol y tymor ac felly cymysgedd o flinder a gobaith wrth i ni i gyd ddychwelyd at ein clybiau a'r gêmau tyngedfennol dros y dyddiau nesa.

Dydd Gwener, 10fed o Fai

Cyhoeddi enwau'r garfan i deithio i Awstralia. Clywed, o'r diwedd, taw fi fydd Capten Cymru ar y daith. Nifer o bobl wedi bod yn cymryd yr apwyntiad yn ganiataol ond doeddwn inne ddim yn fodlon gwneud hynny cyn gweld f'enw ar y rhestr. Un neu ddau wedi'u siomi. Mike Rayer yn fwy siomedig na llawer falle, yn arbennig o gofio am ei waith a'i ddewrder ar ôl torri'i goes yn Nhreorci ddeunaw mis yn ôl.

Cyfarfod gyda gweddill y tîm am hanner awr wedi pedwar a naws diwrnod gêm ryngwladol yn codi'r achlysur i'r entrychion wrth weld y camerâu teledu o gwmpas y maes ym Mhontypridd.

Nos Wener, 10fed o Fai
(Pontypridd 27-Caerdydd 27)

Dyma'r math o noson i chwalu nerfau'r chwaraewyr a'r cefnogwyr fel ei gilydd. Ar ddechrau'r gêm, roedd gan Gaerdydd, Castell-nedd a Phontypridd ddwy gêm yn weddill i'w chwarae'n y Bencampwriaeth. 65 pwynt gan Gaerdydd, Castell-nedd 62 a Phontypridd 58. Os oedd gan Bonty unrhyw obaith i fod yn bencampwyr, roedd rhaid iddyn nhw ennill heno a chasglu gymaint â phosib o bwyntiau bonws trwy sgorio ceisiau.

Roedd y maes ym Mhwllgwaun dan ei sang i groesawu enillwyr Cwpan SWALEC ac i ffarwelio â'u capten profiadol, y prop Nigel Bezani, wrth iddo chwarae'i gêm gystadleuol ola gartre. Ac yntau'n tynnu at ei 40 oed, mae e'n enghraifft wych inni fois ifanc i'w efelychu ac roedd selogion Pwllgwaun yn ysu am ei weld yn arwain ei glwb at y 'dwbl' o ennill y Cwpan a'r Bencampwriaeth yn yr un tymor.

Er gwaetha'r holl frwdfrydedd i'r tîm cartre, fe aethon ni ar y blaen gyda chais gan Andy Moore ar ochr dywyll y sgrym. Roedd hon yn noson anodd i Andy am iddo gael ei ddewis, gyda Robert Howley, i chwarae wrth fôn y sgrym yn Awstralia. Gan nad oedd neb o Bontypridd heblaw Neil Jenkins wedi'i ddewis, roedd teimladau'n eitha cryf, yn arbennig ynglŷn â'u mewnwr, Paul John.

Rown i'n meddwl y byddai cais Andy a throsiad gwych Mike Rayer yn tawelu'r nerfau ond ymhen dim roedd Neil Jenkins wedi sgorio cais na lwyddodd i'w throsi. Fe ysbrydolodd hyn eu blaenwyr nhw i ennill digon o bêl dda i ryddhau'r asgellwr chwith, Geraint Lewis, i ychwanegu cais at y ddau sgoriodd e yn erbyn Castell-nedd yn ffeinal y Cwpan. Dim trosiad ond roedden ni ar ei hôl hi 10-7 a chyn hir ciciodd Jenkins gôl gosb i neud y sgôr yn 13-7 ac i fynd â maswr Cymru at frig y rhestr sgorwyr yn y Gynghrair am y tymor.

Er ei fod wedi'i siomi na ddewiswyd mohono i fynd i Awstralia, roedd Rayer yn chwarae'n dda ac fe giciodd e gôl gosb yn ei dro: 13-10 a'r gêm yn glòs unwaith eto. Yn anffodus i ni, reit ar yr egwyl, fe sgoriodd Paul John gais trwy gloddio trwy'n blaenwyr ni. Trosiad Jenkins yn golygu sgôr o 20-10 ar yr egwyl a Phonty wedi sicrhau pwynt bonws am sgorio tri chais.

Ar y pryd, rown i'n siŵr y byddai 'na fwy o sgorio ac

rown i'n dra siŵr y byddai pethe'n fwy clòs ar ddiwedd y gêm. Ond, wir i chi, doedd 'da fi ddim syniad pa mor gyffrous y byddai diweddglo'n tymor bant o Barc y Cardiff Arms.

Er i nerfau Rayer achosi iddo fethu â chic gosb ddwy funud wedi'r egwyl, fe syfrdanodd y gwibiwr, Nigel Walker, bawb o gwmpas y maes ac ar y cae wrth sgorio cais cofiadwy. Un eiliad, roedd ein canolwr, Gareth Jones (yntau'n chwarae oherwydd anaf i Mike Hall ond wedi chwarae dros Gymru'n barod), yn gorfod taclo'r wythwr, Dale McIntosh, ar ein llinell ni. Yr eiliad nesa, roedd Moore yn bwydo'r bêl i Walker o dan ein pyst. Doedd 'da'r cyn-athletwr Olympaidd fawr o le ond fe ddangosodd i bawb ei fod e'n gallu ochrgamu cyn dangos ei sodlau i'r amddiffynwyr i sgorio dan byst Ponty.

Trosiad digon hawdd i Rayer a'r sgôr o 20-17 yn golygu fod yr ornest yn hollol agored unwaith eto. Yna, digwyddodd un o'r pethe hynny sy'n rhaid i lunwyr rheolau'r gêm a'r dyfarnwyr wneud rhywbeth ynglŷn â nhw cyn hir wrth i Mark Rowley lorio Derwyn pan oedd ar bwynt ucha'i naid mewn llinell. Pan fo rhywun mor dal â Derwyn (6'10"), dyma un o'r pethe mwya peryglus all ddigwydd iddo. Erbyn hyn, dylai pawb sylweddoli hynny ac fe gollodd Derwyn ei dymer. Yn anffodus, penderfynodd Derwyn ddial ar Rowley a chael pryd o dafod a cherdyn melyn yn rhybudd gan y dyfarnwr, Derek Bevan, am wneud hynny. Am unwaith, diolch byth, methodd Jenkins â chic gymharol hawdd ond rhyddhad dros dro yn unig oedd hyn i Gaerdydd.

Pan daclwyd Andy Moore ar ein llinell gais aeth y

bêl yn rhydd i'r blaenasgellwr, Mark Spiller, ei chyffwrdd i lawr am gais a droswyd gan 'Jenks'. A'r amser yn prysur ddirwyn i ben, roedd pethe'n edrych yn ddu arnon ni nawr. Er i Rayer gicio gôl gosb arall i wneud y sgôr yn 27-20, pan gyrhaeddon ni 80 munud o chwarae roedd hi'n ymddangos yn rhy hwyr. Roedd Derek wedi edrych ar ei oriawr sawl gwaith cyn i Jonathan Davies lwyddo i ryddhau Walker unwaith eto. Y tro 'ma, dim ond rhyw ddeugain llath oedd 'da fe i fynd ond roedd hi'n teimlo fel oes wrth ei weld e'n rhedeg at y llinell gais.

Trosiad Rayer oedd cic ola'r gêm a dyna rannu'r pwyntiau wrth i ni gael pwynt bonws am sgorio tri chais. Diweddglo gwefreiddiol i noson wefreiddiol.

Sgwrs gyda Paul John wedi'r gêm heno. Mae e *mor* siomedig na chafodd e'i ddewis i ddod ar y daith i Awstralia. Ei dad, Denis, sy'n hyfforddi Pontypridd, yn llawn mor siomedig hefyd. Rhaid yw cydymdeimlo â'r ddau, yn arbennig o gofio fod Paul erbyn hyn yn hen ffrind.

Dydd Sadwrn, 11eg o Fai

Dihuno'n weddol o gynnar yn dal i feddwl am wefr y gêm neithiwr. Am gyfnodau hir doedd ond un tîm yn haeddu ennill. O gofio am y modd y chwaraeodd Pontypridd, roedd hi'n rhyfedd i ni gael y cyfle i ddod 'nôl i rannu'r pwyntiau. Heb gyflymder ein gwibiwr, Nigel Walker fydden ni ddim wedi gallu gwneud hynny.

Nigel, i raddau, hefyd yn siomedig na fydd e ar yr awyren i Awstralia. Gwaetha'r modd doedd e ddim wedi mwynhau tymor arbennig o dda ac roedd ei berfformiad gwych e neithiwr yn rhy hwyr o lawer.

Castell-nedd yn trechu Treorci 58-31 draw yng Nghwm Rhondda gan sgorio deg cais a chasglu llond cwd o bwyntiau bonws yn y fargen. Hynny'n golygu'u bod nhw'n gyfartal 'da Chaerdydd â 67 pwynt ar frig y tabl ond wedi sgorio 114 cais i'n 108 ni. Uchafbwynt anhygoel i'r tymor ar y gweill nos Fawrth a'r ddwy gêm fawr yn fyw ar y teledu i gadw Cymru benbaladr ar bigau'r drain i weld pwy fydd y Pencampwyr.

Dydd Sul, 12fed o Fai

Cerdded ar draws y bont newydd sy'n croesi'r Hafren. Codi arian i elusen ACHUB Y PLANT. Rwy'n ei theimlo hi'n anrhydedd i gael 'y ngwahodd i wneud y math yma o beth ac roedd hi'n bleser cael cyfuno codi arian gyda gweld campwaith peirianyddol.

'Nôl gartre hefyd i weld fy rhieni cyn galw heibio i gydymdeimlo gyda rhieni un arall o 'nghyfoedion ysgol a laddwyd mewn damwain awyren ychydig ddyddiau'n ôl. Tristwch mawr yw nodi'r ffaith fod naw o gyfoedion o'r un flwyddyn academaidd â mi wedi marw ers gadael yr ysgol.

Nos Fawrth, 14eg o Fai
(CAERDYDD 65-Llanelli 13)
(Castell-nedd 45-Pontypridd 13)

Noson wahanol yn llawn profiadau newydd wrth i ni fwynhau cefnogaeth torf dda ar Barc y Cardiff Arms. Roedd yn amlwg o'r cychwyn fod gan y rhan fwya o'r cefnogwyr eu radio bach personol yn gwrando am newyddion o'r gêm draw yng Nghastell- nedd.

Tri neu bedwar o sêr Llanelli'n colli'r gêm yng Nghaerdydd ond Clwb y Crysau Sgarlad yn cynnwys naw chwaraewr rhyngwladol yn eu tîm i neud yn siŵr fod y gystadleuaeth yn un deg. Er hynny, roedd eu gweld nhw'n rhedeg allan i'r cae heb Ieuan Evans, Phil Davies a Gwyn Jones yn rhywfaint o siom i'r criw o gefnogwyr oedd wedi teithio draw o'r gorllewin ond, ar y llaw arall, yn argoeli'n dda i ni yn ein hymdrechion i gipio'r Bencampwriaeth o dan drwynau Castell-nedd.

Dechre digon tawel o ran sgorio ond rown i'n teimlo'n hyderus fod 'da ni'r modd i roi tipyn o gweir i Lanelli a chipio pwynt bonws neu ddau. Er i Mike Hall sgorio cais wedi deng munud, atebodd Matthew McCarthy â gôl gosb bum munud yn ddiweddarach i gadw pethe'n agos dros dro. O fewn tri munud arall, sgoriodd Adrian Davies gais i ryddhau'r pwysau arnon ni ond doedd bechgyn Llanelli ddim am roi i fyny. Deunaw munud o frwydro ffyrnig a'r pwyntiau bonws yn dal dros y gorwel.

Gareth Jones, o'r diwedd, yn croesi am gais ryw bum munud cyn yr egwyl yn golygu bod y pwynt bonws cynta'n y cwd. Trosiad Mike Rayer yn cael ei ateb gan gôl gosb arall gan McCarthy i roi sgôr o 17-6 ar yr egwyl. Sibrydion yn ein cyrraedd wrth i ni sugno'r oren a gwrando ar ddarlith gan Terry Holmes a hyfforddwr ein blaenwyr, Charlie Faulkner, fod Castell-nedd ar y bla'n 21-10 ar y Gnoll a'u bod nhw hefyd wedi casglu un pwynt bonws yn barod. Doedd dim amdani, felly, ond troi'n ôl at y ffas ac ailgydio'n y gwaith gan obeithio y gallai Pontypridd ladd gobeithion Gareth Llewelyn a'i gymdeithion.

Trwy gydol yr ail hanner fe lwyddon ni i sgorio cais hwnt ac yma i gadw'n gobeithion yn fyw. Erbyn i mi adael y cae ag anaf i 'nghoes wedi 68 munud o chwarae, roedden ni wedi sicrhau buddugoliaeth a chasglu pwyntiau bonws llawn. Yr unig broblem 'nawr fyddai sgorio digon o geisiau i guro Castell-nedd am y Bencampwriaeth. Erbyn hyn, roedd hi'n amlwg y byddai'n rhaid i ni sgorio mwy o geisiau. Petai'n bechgyn ni'n llwyddo i sgorio chwe chais yn fwy na Chastell-nedd ar y noson, yna Caerdydd fyddai'r Pencampwyr am ein bod ni wedi sgorio mwy o bwyntiau ar y cae yn ystod y tymor.

Wedi'r egwyl croesodd Owain Williams, Adrian eto, Chris Mills y blaenasgellwr, Andy Moore, Steve Ford (2), Nigel Walker a Gareth Jones i roi cyfanswm o un cais ar ddeg i ni. Siomedig oedd clywed ein bod ddau gais yn brin ar y diwedd a'n bod yn gorfod ildio Pencampwriaeth Heineken i Gastell-nedd wedi'r cyfan.

Wedi buddugoliaeth mor wefreiddiol a dim ond cais Wayne Proctor yn wir ateb gan Lanelli, fe ddylai'r noson fod yn un fawr, yn llawn o ddathlu.

Yn anffodus, roedd y swigen wedi'i chwalu ac roedd rhaid edrych 'nôl ar dymor o ddod yn agos ond eto methu o drwch blewyn. Cyrraedd ffeinal Cystadleuaeth Heineken i glybiau Ewrop a cholli o driphwynt yn unig. Colli o un pwynt yn unig i Lanelli yng Nghwpan SWALEC wedi i Justin Thomas roi pob cyfle i ni lwyddo gyda'i ddiwrnod diflas o gicio at y pyst. A nawr, 'ma ni eto wedi dod mor agos at ennill Tlws i goroni'r tymor.

Yn lle bod allan yn dathlu, rwy gartre am hanner awr wedi un ar ddeg y nos yn recordio 'nheimladau ar achlysur rhyfeddol o ddiflas. Mwy na thebyg fod 'na ddathlu mawr yng Nghastell-nedd heno. O leia mae eu siom nhw o golli yn ffeinal y Cwpan wedi'i anghofio. Yn f'achos i, fel yn achos pawb sy'n gysylltiedig â Chlwb Caerdydd, dim ond edrych mla'n at dymor arall yn yr hydref all leddfu'r boen a gobeithio am ennill tlws neu ddau ymhen y flwyddyn.

Cyn hynny, wrth gwrs, rhaid codi 'nghalon ar gyfer y daith i Awstralia. Bydd gan garfan Cymru dymor cyffrous i'w wynebu yn yr hydref hefyd a 'ngobaith mawr yw y caf ddal yn iach a chadw fy lle'n y tîm am dipyn. O leia ar y daith i Awstralia fydd dim rhaid gofidio 'mod i wedi colli casét unwaith eto! Heblaw am y gofid hwnnw, mae'r profiad o gadw Dyddiadur Tymor wedi bod yn un diddorol a 'ngobaith yw y bydd 'na bleser i chi ddarllenwyr wrth bori trwyddo.

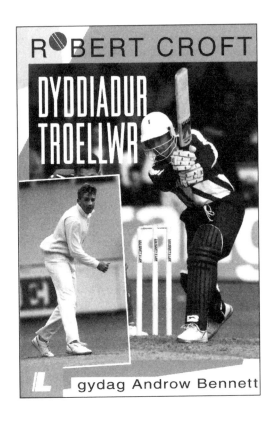

Os cawsoch flas ar *Dyddiadur Capten*, rydych
yn siŵr o fwynhau dyddiadur y cricedwr
blaenllaw Robert Croft, a ysgrifenwyd hefyd
gydag Androw Bennett.

0 86243 358 4

Pris £5.95

Am restr gyflawn o'n llyfrau mynnwch eich copi rhad o'n
Catalog newydd, lliw-llawn, 48-tudalen——neu hwyliwch i
mewn iddo ar y We Fyd-eang!

TALYBONT CEREDIGION CYMRU SY24 5HE
e-bost ylolfa@netwales.co.uk
y we http://www.ylolfa.wales.com/
ffôn (01970) 832 304
ffacs 832 782